悪役令嬢ルートがないなんて、誰が言ったの？ 2

ぷにちゃん

B's-LOG BUNKO
ビーズログ文庫

イラスト／Ｌａｒｕｈａ

Contents

—— プロローグ ——
私たちが考えた最強のイケメン　*6p*

—— 第一章 ——
ヒロインになった悪役令嬢？　*10p*

—— 第二章 ——
悪役令嬢ルートの新キャラ　*40p*

—— 第三章 ——
穏やかな日常の終止符　*88p*

—— 第四章 ——
闇夜のプリンス　*165p*

—— 第五章 ——
悲しみの声　*195p*

—— エピローグ ——
シアワセの行方　*247p*

あとがき　*254p*

？？？？
ダーク・
ルルーレイク
オフィーリアの
ひとつ上の義理の兄。
だけどその正体は……？
オフィーリア・
ルルーレイク
乙女ゲームの悪役令嬢に転生。
「悪役令嬢でも幸せになる
権利はある！」を合言葉に
破滅エンド回避を目指す。
攻略対象
フェリクス・
フィールズ
優しく誠実な王太子。
オフィーリアの婚約者。
レモンゼリーが大好きな
可愛らしい一面も。
悪役令嬢ルートがないなんて、
誰が言ったの？
2
Characters

攻略対象

クラウス・デラクール

宰相の息子。ファンから「デラックスクールww」と呼ばれるほどクールで知的。

攻略対象

エルヴィン・クレスウェル

伯爵家の三男。お調子者のプレイボーイだが、人懐こい性格。

攻略対象

リアム・フリージア

神官。何事にも無関心だがゲーム人気No.1を誇った超絶美形キャラ。

ヒロイン

アリシア

乙女ゲーム『Freesia』の正規ルートのヒロイン。

イオ

庭師の孫。学園の花壇の整備を担当。

プロローグ　私たちが考えた最強のイケメン

夜も更《ふ》けた時間だというのに、電気のついている部署が一つ。

どうにも仕事が多く、こんな時間まで人が残っているのは——乙女《おとめ》ゲーム『Freesia』の開発チームだ。

「……ねえ、悪役令嬢《れいじょう》ルートにヒーローが必要じゃない？」

カタカタとキーボードを叩《たた》く音だけが響《ひび》いていた室内に、ぽつりと投げかけられた言葉。

それを聞いて、作業の手が止まる。

全員が口元に手を当て——確かに！　という表情。

どうして今までそのことに気づかなかったのか、悔《く》やまれる。そして思い立ったら即行《そく》動という、パワフルな彼女たちは——

「「「新キャラ作っちゃおう！」」」

――息もピッタリだ。

「そうだよね、せっかく悪役令嬢ルートを作ったのに新ヒーローがいないなんて！　もったいない!!」

「ああ～脳内がはかどり始めた、どうしよう！」

「熱い想《おも》いをぶつけるのは、まさに今!!」

すぐさま全員がノートとペンを持ち、中央の打ち合わせテーブルへと集まる。


悪役令嬢ルートとは。

これはプレイヤー、つまり多くの購入者《こうにゅうしゃ》から『悪役令嬢ルートを作ってくれ』という要望があり実現したシナリオ。

その熱意に会社が応え、追加の制作費がおりて開発に取りかかることができたのだ。


一人が「静粛《せいしゅく》に！」と声をあげる。

それを合図に、全員が真面目《まじめ》な表情になった。今から始まるのは、重要なミーティングだ。気を引き締《し》めなければならない。

「悪役令嬢ルートの攻略《こうりゃく》対象キャラクター会議を始めます！　よろしくお願いします」

「「「よろしくお願いします!!」」」

挨拶《あいさつ》してすぐに、一人がすっと美しい姿勢で手を挙げる。その綺麗《きれい》な動作に、全員の目が、耳が、いったい何を発言するのだろうと注目する。

「……このゲーム、俺様キャラがいないのでは？」

「——ハッ！　確かに!!」

盲点《もうてん》だったと、全員に衝撃《しょうげき》が走る。

次に、また手が挙がる。

「私は義理の兄妹《きょうだい》設定が大好物です」

「「「採用」」」

全員が親指を立てていい笑顔《えがお》を作る。

そしてどんどん、新キャラ案が出てくる。全員が思《おも》いの丈《たけ》を叫《さけ》び、一人のキャラクターができあがっていく。

「何か特別感がほしいですね」

「身分の高い貴族……っていうのは、既出《きしゅつ》ですし」

うぅ～んと、全員で頭を悩《なや》ませる。

しかしここで、一人が閃《ひらめ》いた。

「別に、味方でなくてもよいのでは？」

「――詳《くわ》しく！」

「はい。オフィーリアは悪役令嬢で、プレイヤーからすれば恋《こい》のライバルであり、敵。さらには、闇夜《やみよ》の蝶《ちょう》と会話ができる。つまり、そう！　闇夜の蝶サイドにも、イケメンがいていい、いや、いなければならないのではないでしょうか!!　闇夜の蝶の真のボス――ゲーム的に言えば裏ボスが必要だと私は思うのです!!」

「「「おおおおおぉぉっ！」」」

熱い想いに、拍手《はくしゅ》が沸《わ》き起《お》こる。

それを皮切りに、どんどんアイデアが溢《あふ》れてくる。ひたすら何時間も話し続け、声が嗄《か》れるほど語り――

「「「よすぎでは～～！」」」

――気づくと、朝日が昇《のぼ》っていた。しかし、徹夜《てつや》した成果は素晴《すば》らしいの一言だ。

「できた……私たちが考えた最強のダークヒーロー！」

「闇夜のプリンス!!」

その名も、ダーク・ルルーレイク。

第一章　ヒロインになった悪役令嬢？

　時間の流れというものは早いもので、季節はもう冬に入ろうとしていた。

　オフィーリアの通う王立フィールズ学園も、今日の終業式が終われば冬休みに入る。そうなると、ほとんどの生徒が実家に帰省するだろう。

　もちろん、オフィーリアもそのうちの一人だ。しかし、その表情は休みに入り実家へ帰る学生のそれではなかった。


「まさかこんなことになるなんて、思ってもみなかったわ……」

　制服に袖《そで》を通し、胸元《むなもと》のボタンを閉めようとしたところで、ぽつりとオフィーリアの口から言葉がこぼれた。

　目の前にある姿見には、自分が映っているのだけれど、いつもとは違《ちが》う点が一つ。無意識のうちに、オフィーリアの手が姿見へのびる。

　正確には、姿見に映る自分の胸元。ブラウスの隙間《すきま》から覗《のぞ》くそれに、なんともいえない感情が込《こ》み上《あ》げる。

そこにあるのは、『フリージアの巫女《みこ》』であることを示す――フリージアの印だ。

突然《とつぜん》フリージアの巫女となった、オフィーリア・ルルーレイク。

腰《こし》まで長さがある深いコバルトブルーの美しい髪《かみ》と、黒薔薇《ばら》と白いリボンのついたヘアアクセサリー。黒みがかった青色の勝気な瞳《ひとみ》だが、今は少し戸惑《とまど》いの色を浮《う》かべている。

公爵家《こうしゃくけ》の令嬢であり、この国の王太子フェリクスの婚約者《こんやくしゃ》。

そして彼女こそ、このゲームの悪役令嬢《れいじょう》だ。

多くのプレイヤーに愛され、悪役令嬢ルートの希望が殺到《さっとう》した、可哀相《かわいそう》な悪役令嬢なのだが……その中身は、転生した元プレイヤーの日本人だったりする。

ヒロインの逆ハーレムルートをどうにか回避《かいひ》し、悪役令嬢ルートに突入《とつにゅう》してフェリクスとハッピーエンドになったはずだった。

――だったのだが、いったいどうなっているのだろうか。

思い返すのは、王城のフェリクスの部屋で手料理を振舞《ふるま》い、初めてのキスをして――学園の寮《りょう》へ帰宅した日のこと。

「おかえりなさいませ、オフィーリア様」

オフィーリアが王城から戻ると、真っ先に侍女《じじょ》のカリンが出迎《でむか》えてくれた。らんらんと瞳が輝《かがや》いて、どうだったのか早く報告をと急《せ》かされているのがわかる。

「ただいま、カリン。もう休みたいけれど――」

「もちろんお話を聞かせていただきます！」

「そうくるわよね」

食い気味のカリンに、オフィーリアは苦笑《くしょう》する。


オフィーリアの侍女、カリン。

アッシュピンクの髪は、編み込んで後ろでひとまとめに。パッチリしたピンク色の瞳の、とても愛らしい女の子だ。

ロングの侍女服を優雅《ゆうが》に着こなし、基本的な世話をすべてこなしてくれる。

カリンはくすくす笑いながら、オフィーリアを浴室へと案内する。

「まずはお風呂《ふろ》でゆっくりしてください。入浴剤《ざい》はミルクベースなのであったまりますし、お背中もお流ししますよ」

「いたれりつくせりね」

甲斐甲斐《かいがい》しい様子のカリンに、オフィーリアの頬《ほお》も緩《ゆる》む。フェリクスと一緒《いっしょ》にいた余韻《よいん》もあって、まだドキドキしていたのだが……少し落ち着いてきた。

オフィーリアはドレスのリボンをほどき、カリンに脱《ぬ》ぐのを手伝ってもらう。腰回りが解放され、ほっと一息つく。

ドレスから肩《かた》を抜《ぬ》いて、顔を上げる。

「ふぅ……。今日はゆっくり――」

「どうしましたか、オフィーリア様――え？」

オフィーリアが姿見に目をやり息を呑《の》み、不思議に思ったカリンも視線をオフィーリアから姿見へと移し――同じように、息を呑んだ。

何度も目を瞬《しばたた》かせ、けれど鏡のある一点から目が離《はな》せない。

鏡越《ご》しではなく、自分の体を直接見ればいいと、そんなことはオフィーリアもわかってはいるのだが……あまりにも衝撃《しょうげき》が大きくて、受け止めきれない。

――オフィーリアの胸元に、フリージアの巫女の印があった。

何度も深呼吸を繰《く》り返《かえ》して、オフィーリアはやっと自分の胸元へ目を向ける。そこには、鏡に映っていたのと同じ印があった。

儚《はかな》く、しかし気高く咲《さ》くこの国の象徴《しょうちょう》——フリージア。

「ど、どうしてわたくしにフリージアの巫女の印があるの⁉」

オフィーリアは焦《あせ》りながらカリンに問うが、カリンだってどうしてかなどわからない。戸惑いながら、首を横に振った。

（だって、これは本来ヒロインにあるはずなのに……！）

どうして悪役令嬢の自分にあるのか。

この乙女《おとめ》ゲーム『Freesia』は、ファンタジー乙女ゲームだ。

ヒロインはフリージアの巫女としての力に目覚め、聖属性の魔法《まほう》を使い、メインキャラクターたちと共に敵である『闇夜《やみよ》の蝶《ちょう》』と戦うというストーリー。

フリージアの印は、フリージアの巫女の証《あかし》であり、ゲームのヒロインの証のようなものなのだ。

（ああでも、待って……）

ヒロイン――アリシアの胸元には、あったはずのフリージアの巫女の印がなくなっていたことを、オフィーリアは思い出す。

（アリシア様は、ヒロインではなくなってしまった……ということ？）

ということは、つまり――オフィーリアが、アリシアに代わってこの物語のヒロインポジションについてしまったということだ。

（悪役令嬢ルートには進んだけれど、こんな展開になるなんて思ってもみなかった）

追加のシナリオがあって、王子様と結ばれました、めでたしめでたし――という簡単なものではなかったようだ。

オフィーリアが考え込んでいると、カリンがバスローブを羽織らせてくれた。すっかり肩が冷えてしまっている。

「このままでは風邪《かぜ》をひいてしまいます」

「あ……ありがとう、カリン」

カリンはゆっくり首を振って、「大丈夫《だいじょうぶ》ですよ」と微笑《ほほえ》んだ。

「驚《おどろ》きましたが、さすがはオフィーリア様です。フリージアの巫女になられるとは！　やっぱり、私がお仕えしているオフィーリア様が世界一です」

驚いたのは一瞬《いっしゅん》だったようで、カリンはオフィーリアのすごさにうっとりし、賛辞が止まらない。

（そうだった、カリンはわたくしが大好きだったわ）

オフィーリアは苦笑しつつも、カリンのおかげで気持ちが落ち着いてきた。フリージアの印について、きちんと考えなければ。

「とりあえず、お風呂に入るわ。カリン、このことは口外しないようにお願いね」

「もちろんです」

「ありがとう。それとごめんなさい……頭の中を整理したいから、一人で入るわね」

「はい」

オフィーリアはバスローブを脱いで、バスタブに足を入れた。


まず、オフィーリアがフリージアの巫女になったというのは紛《まぎ》れもない事実。

念のため胸元の印を石鹸《せっけん》で擦《こす》ってみたけれど、消えることはなかった。それに、ほんのり魔力《まりょく》が灯《とも》っているように感じる。

オフィーリアはバスタブに浸《つ》かりながら、頭の中を整理していく。

（フリージアの印を持っている人は、聖属性魔法が使えるようになり、闇夜の蝶に絶大なダメージを与《あた》えることができるようになる）

これは、ゲームの設定にも書かれている。

そこから導き出される答えは――

「もしかしてわたくしは、この力で……闇夜の蝶たちを倒《たお》さなければならない？」


オフィーリアは元々、闇属性だ。

しかし闇属性は忌避《きひ》される傾向《けいこう》にあるため、普段《ふだん》は闇属性であることを隠《かく》し、水魔法を使っていた。多少は属性があるとはいえ、メイン属性ではないからかお世辞にも上手《うま》いとはいえなかった。

まあ、つまりは——魔法が下手《へた》なのだ。

そんな自分が、この聖属性の力を使いこなすことなどできるだろうか。沸《わ》き起《お》こる不安に襲《おそ》われる。

「わたくしには、荷が重すぎるわね……」

そう、思ってしまう。

しかし、くよくよしていても何も始まりはしない。

転生したときに、誓《ちか》ったことが一つある。

「悪役令嬢オフィーリアは……いいえ、わたくしは——幸せになると決めたのよ！」

そのためには、闇夜の蝶が怖《こわ》いなんて言っている場合ではない！　平和な世界で、おじいちゃんおばあちゃんになっても、フェリクスと仲睦《なかむつ》まじく暮らしたい。

なんとも乙女チックな人生目標と言われるかもしれないけれど、幸せとは、きっとこういう何気ない日常のことを言うのだ。

それが、オフィーリアの望み。

「悪役令嬢ルートを望んだのはわたくしなんだから、しっかり前を向かないと！」

もしも闇夜の蝶が幸せを邪魔《じゃま》してくるのならば、自分にヒロインと同じような使命があるのだとしたら――。

「怖いけれど……それを乗り越えて、幸せになるだけだわ！」

オフィーリアは気合を入れ直し、お風呂から上がった。

その後、待ち受けていたカリンにフェリクスと何があったのか洗いざらい白状させられて、真っ赤《まか》になるとも知らず。


――と、いうようなことがあったのだ。

（転生したと知ったときと同じくらい、驚いたんだから……）

オフィーリアが思い出して神妙《しんみょう》な表情をしていると、「どうかしましたか？」とカリンが顔を覗き込んできた。

「あ……印のことを、気にされているんですね」

「……ええ」

ちょうど胸のところに手を当てていたので、オフィーリアの懸念《けねん》がカリンにばれてしまったようだ。

カリンは微笑んで、オフィーリアの胸元のリボンを整えた。

「この印は、オフィーリア様が女神《めがみ》フリージアに愛されているという証でもあると思います。ですから、どうぞ胸を張ってください。私は侍女として、とっても誇《ほこ》らしいです」

「カリン……ありがとう。わたくしには大役すぎるかと悩《なや》んでしまっていたけれど、光栄に思わなければならないわね」

「はいっ！」

ポジティブなカリンに、オフィーリアも元気をもらう。

カリンは時計の針を見て、「お時間ですね」と鞄《かばん》を渡《わた》してくれた。そろそろ、外にフェリクスたちが迎えに来てくれているころだろう。

オフィーリアは頷《うなず》き、ドアノブに手をかけた。

「それじゃあ、いってくるわ」

「いってらっしゃいませ、オフィーリア様」

オフィーリアがカリンに見送られて寮を出ると、フェリクス、リアム、エルヴィン、クラウスの四人が迎えにきてくれていた。

「おはようございます」

オフィーリアが声をかけると、全員が微笑んだ。

「おはよう、オフィ。もう終業式なんて、あっという間だね」

「今日も変わりはないようで何より。おはよう、オフィ」

「おはよ、オフィ。明日からしばらく会えないなんて、信じられないぜ」

「おはよう。さすがに寒くなってきたが、大丈夫か？」


ゲームのメイン攻略《こうりゃく》対象の王太子、フェリクス・フィールルズ。

右サイドが長い蜂蜜《はちみつ》色の髪に、凛《りん》とした赤色の瞳。整った顔立ちは多くの人の目を引き、遠目からでも輝いている。

正義感が強く、ゲームのルートは攻略しやすい。オフィーリアの婚約者であり、仲睦まじく過ごしている。

リアム・フリージア。

肩下までであるプラチナブロンドを一つに結《ゆ》い、表情の変化が少ないグレーの瞳。

すらりとした体格で、儚さのあるリアムは、神の御子《みこ》と呼ばれている神官だ。

何事に対しても無関心だが、ひとたびルートに入ると別人かと疑うほどに溺愛《できあい》してくるキャラクター。

――そんな彼に、オフィーリアは秘密を知られてしまっている。

それは、闇夜の蝶と会話ができる闇属性である……ということ。以前、闇夜の蝶に襲われた際、逃《に》げるために交渉《こうしょう》していたところを目撃《もくげき》されてしまったのだ。


エルヴィン・クレスウェル。

外ハネの淡《あわ》い茶髪《ちゃぱつ》と、アンバーの瞳。剣《けん》の扱《あつか》いに長《た》けており、細身だがしっかり筋肉がついている。

ムードメーカーでプレイボーイなのだが、伯爵家の三男ということもあって実は家での立場はかなり苦労しているようだ。


クラウス・デラクール。

切り揃《そろ》えられた暗めの青色の髪と、紫《むらさき》色の瞳。インドアなのでひょろりとしているが、魔法の腕《うで》はいい。

公爵である父は宰相《さいしょう》を務めており、息子《むすこ》である彼も将来は国の重要ポストに就《つ》くだろう。図書館で勉強していることが多いため、いつもスチルには本が描《えが》かれていた。

オフィーリアと攻略対象キャラクターが全員揃って学園に登校する光景は、正直かなり目立つ。

最初はフェリクスだけが迎えにきてくれていたのだが、アリシアとの断罪イベント以降、ほかの四人もオフィーリアにアプローチしてくるようになった。

ただ、フェリクスという婚約者がいるので強引《ごういん》に何かしてくるというわけではない。

歩いていると、リアムが「そういえば」と口を開いた。

「……ここ最近、闇夜の蝶の目撃例が増加している。強い個体も多いみたいだから、各自気をつけて」

リアムは神官ということもあり、闇夜の蝶の情報も入手しやすい。

神殿《しんでん》は、闇夜の蝶を倒すための組織と言ってもいいだろう。女神フリージアを信仰《しんこう》し、この世界を滅《ほろ》ぼそうとする闇夜の蝶から守っているのだ。

闇夜の蝶とは、この世界に巣くう〝よくないもの〟だ。

大きさは三十センチほどで、人形《ひとがた》に蝶の羽が生えている妖精《ようせい》のような姿をしている。黒い髪と瞳を持っている、闇の生物。

闇夜の蝶に近づかれたり、攻撃《こうげき》されると心を蝕《むしば》まれ、精神を冒《おか》されてしまう。

軽症《けいしょう》であれば、意識に靄《もや》がかかったようにぼうっとしてしまう。しかし重症《じゅうしょう》の場合は、意識が混濁《こんだく》し、暴れ、人格というものが消えてしまうこともある。

一匹《ぴき》だけならさほど強くないため、すぐに倒せる。

しかし、数が集まると合体して上位種になる。そうなると脅威《きょうい》が桁違《けたちが》いに大きくなり、小さな村であれば滅ぼされてしまうこともあるほどだ。

闇夜の蝶は自分たちを倒す力を持つ女神フリージアを恐《おそ》れ、この世界を滅ぼし混沌《こんとん》を生じさせようとしている。


リアムの言葉を聞いたオフィーリアは、ごくりと唾《つば》を飲む。

闇夜の蝶が増えている、理由。

今の時期は、千年に一度、闇夜の蝶が活発になる時だとゲームで説明されていた。それを知っているのはオフィーリアと、同じく転生者だったヒロインのアリシアだけ。

（こんなの、どう説明すればいいかわからない……）

ゲームで千年に一度と書かれていても、プレイする方はそういう設定なのだと簡単に納《なっ》得《とく》できる。

しかしいざ、今この世界で千年に一度……と言っても、根拠《こんきょ》もなく説得性もない。

「闇夜の蝶のことは、こちらにも報告は上がっている。一体どうしてこんなに闇夜の蝶が出現するのか……。今年に入ってからは、異常だ」

フェリクスは討伐《とうばつ》が大変で、騎士《きし》や兵も戸惑っているとため息をつく。

(ゲームの設定とはいえ、フェリクス様たちはかなり大変よね……)

口に出せないことにもやもやしつつ、しかし今のオフィーリアにはもう一つ秘密にしていることがあった。

(……まだ、フリージアの印のことを伝えていない)

本来であれば、すぐにでもフェリクスに伝えなければならないだろう。

(幸せになると決意はしたけれど、実際に闇夜の蝶と戦うと考えると……体が震《ふる》える)

今日の放課後、フェリクスに相談しようと思っている。きちんと力が使えるかどうかもまだわからないので、この件に関しては慎重《しんちょう》にしたいのだ。

ふいに、隣《となり》を歩くフェリクスがオフィーリアの腰をぐっと引き寄せてきた。

「オフィ、絶対に一人では出かけないようにして。もしどこかに行きたいなら、一緒に行くから声をかけて」

「ありがとうございます、フェリクス様」

真剣《しんけん》な瞳に見つめられて、オフィーリアは素直《すなお》に頷く。

すると、リアムたちも「当然だ」とこちらを見た。

「私たちの誰《だれ》かがいれば、闇夜の蝶に襲われても守ることができる」

「とても心強いですね」

メインキャラクターのリアムたちはとても強く、闇夜の蝶が出てきてもすぐに倒してくれるだろう。

「そうそう。俺の剣術《けんじゅつ》で、闇夜の蝶なんて瞬殺《しゅんさつ》だ」

エルヴィンがウインクしながら言うと、その明るさに空気が和《なご》む。

「私だって、オフィを守るくらいできるさ」

クラウスは攻撃魔法があまり得意ではないが、その分、防御《ぼうぎょ》や解析《かいせき》系統の魔法を得意とする。何かあったとしても、彼の魔法に守られていれば安全だろう。

「リアム様、エルヴィン様、クラウス様、ありがとうございます。みんながいれば、闇夜の蝶なんて怖くないですね」

（というか……無敵、ね）

そこにオフィーリア自身も聖属性の魔法を使えるようになれば――闇夜の蝶との戦いはかなり有利に運ぶのではないだろうか。

そう考えると、未来は明るい。

「今はとりあえず、終業式に向かいましょう」

「ああ」

オフィーリアは一歩前へ出て、全員に微笑む。

――まだ気がかりは多いけれど、悪役令嬢として楽しい毎日を送れていることが嬉《うれ》しい。


終業式が終わって放課後。

オフィーリアは学園の一室を借りて、フェリクスに話をすることにした。大事な話なので、扉《とびら》の外には学園の警備員に立ってもらっている。

「オフィから誘《さそ》ってもらえるなんて、嬉しいね」

ソファで隣同士に座ると、フェリクスがとびきりの笑顔《えがお》を見せてくれる。その表情にきゅんとときめいてしまうが、今は話をしなければならない。

(いちゃいちゃしたら話が進まなくなっちゃう!)

オフィーリアはぴんと背筋を伸《の》ばして、フェリクスの目を見る。

「……大切な話があるの」

「話？」

フェリクスは真剣な表情になり、ゆっくり頷く。

それを合図に、オフィーリアは自分の胸元にフリージアの巫女の印が現れたことを話し始めた。

「簡単に信じられないかもしれないけれど、わたくしに……フリージアの巫女の証である、印が発現したの」

「――！　まさか、オフィに印が……」

フェリクスは息を呑んで目を見開いたが、すぐに続きを話すように促《うなが》した。

オフィーリアが話している間、フェリクスは黙って聞いてくれた。不安そうなときは、寄《よ》り添《そ》うように手を握《にぎ》ってもくれた。

話し終え、オフィーリアは小さく息をつく。

「……驚きました、よね？」

突然こんな話をされるなんて、予想できるものではない。オフィーリアは眉《まゆ》を下げながらフェリクスを見る。

「オフィ」

「はい……」

フェリクスはどう思っただろうか。そう考えて、オフィーリアの体に緊張《きんちょう》が走る。けれど、それは次の言葉で軽くなった。

「話してくれてありがとう。とても、勇気がいることだっただろう？」

「あ……」

フェリクスの言葉に、思わず目頭《めがしら》が熱くなる。オフィーリアがぎゅっと拳《こぶし》を握りしめると、すかさずフェリクスが「大丈夫」と手を重ねた。

「闇夜の蝶が身近でないオフィには、そのフリージアの印は……誇りであると同時に、怖くもあったんじゃないか？」

「そのようなこと……！」

ない──と、即座《そくざ》に言えたらよかった。

けれど、本当は心の奥底には恐怖《きょうふ》があった。オフィーリアは無意識に、その感情に蓋《ふた》をしていた。

それがいとも簡単に見抜《みぬ》かれてしまうなんて。

（でも、大丈夫だってわかる）

だって、隣にフェリクスがいるのだから。そう思ったら、心につかえていた恐怖心がすとんと落ちた気がした。

「フェリクス様が隣にいてくれるだけで、これほど心強いことはありません」

ずっとずっと傍《そば》にいてくださいと、オフィーリアは微笑む。その表情を見て、フェリクスは軽く目を見開いた。芯《しん》のしっかりした、強い女性だ――と。

「もちろん。オフィの隣にいられるのは私だけだ」

そう言い、自然と二人の手が繋《つな》がれる。

しばしの沈黙《ちんもく》のあと、フェリクスが考え込むようにしながら口を開いた。

「………私と二人だけの秘密に……というわけにには、さすがにいかないか」

「フェリクス様？」

話を聞いたフェリクスの言葉に、オフィーリアはきょとんとする。だってまさか、そんなことを言われるとは考えてもみなかったからだ。

（何か理由があるのかしら？）

オフィーリアが思案していると、フェリクスが「ごめん」と口にした。

「今のは、忘れてくれ。王族として最低だ」

「ええと……？」

どういう意図で話されているのかわからず、オフィーリアは首を傾《かし》げる。すると、フェリクスは神妙な面持ちでその理由を教えてくれた。

「その印があったら、オフィは複数の夫を持てるんだよ？　もしそんなことになったら、私は嫉妬《しっと》でどうにかなってしまいそうだ」

「――！」

フェリクスの言葉に、オフィーリアはハッとする。

フリージアの巫女の印を持つ者は、一妻多夫が許されるのだ。ゲームでは、逆ハーレムルートになっている。

（そんなこと、まったく考えてなかった……）

けれど確かに、この印があれば自分は複数の夫を持つことができるのだ。

（でも、フェリクス様以外の人と……なんて、考えられない）

オフィーリアはぶんぶんと首を振り、「あり得ません」とフェリクスを見る。

「わたくしの婚約者は、フェリクス様だけだもの。わたくしの方が、フェリクス様がモテるから心配になってしまうくらいなのに」

容姿端麗《たんれい》で、魔法と剣の腕もある。さらにこの国の王太子のフェリクスは、全女性からの憧《あこが》れの的だ。

むしろ嫉妬するのは自分だと、オフィーリアは笑う。

「ああもう、からかわないでくれ」

そう言ったフェリクスに、ぎゅっと抱《だ》きしめられる。

「今のは、完全に私の我《わ》が儘《まま》だ」

「フェリクス様……」

オフィーリアはフェリクスの腕の中で、頬が緩む。大好きな人に、そんな可愛《かわ》いやきもちを焼かれて嬉しくないわけがない。

男の人を、ここまで可愛いと思ったのは初めてかもしれない。

ふふっと笑うと、フェリクスに名前を呼ばれる。

「オフィ、私のことを小さい男だと――」

「そんなことは思いません。嫉妬するほどわたくしのことを想《おも》ってもらえて、嬉しかったんです」

――フェリクスの独占欲《どくせんよく》は、とても嬉しい。

けれど、フリージアの巫女の力は闇夜の蝶に対抗《たいこう》する力。自分の独占欲で秘匿《ひとく》していていいものではないのだ。

本来であれば、すぐにでも公表するべき事実。

なのだが……いかんせん、オフィーリアは魔法が苦手で。フリージアの巫女の印が現れてはいるが、実際に聖属性魔法を使えるかどうかは、まだわからない。

「ええと……とりあえず、わたくしが本当にフリージアの巫女の力を使えるか確認《かくにん》してから、みんなに話すというのはどうですか？」

明日から冬休みなので、それぞれ帰省などで忙《いそが》しいはずだ。
であれば、冬休み中にフリージアの巫女の力を確認し、学園が始まってからリアムたち
みんなに話す方がいいだろう。その後、国から公表する流れになるはずだ。
オフィーリアの提案に、フェリクスは頷いた。
「そうだな……。どのように公表するかも、まずはどこまで話をするかも、決めることは
たくさんある」
フェリクスにも賛同してもらえたことに、オフィーリアはほっと胸を撫《な》でおろす。
（覚悟《かくご》はできたつもりだったけど、すぐに公表……っていうのはやっぱり心臓に悪いも
の）
オフィーリアがふーっと息をついた様子を見て、フェリクスは優《やさ》しく微笑んだ。

「ねえ、オフィ」

名前を呼ばれ、オフィーリアはフェリクスを見る。

「……フリージアの巫女の印、見せてもらってもいい？」

「し、しるしを、ですか？」

思わず自分の胸元に触《ふ》れる。

肌《はだ》を見られるのはこの上なく恥《は》ずかしいけれど、確かに見せる以外に自分がフリージア

の巫女になったことを証明することはできない。

ドキドキと、心臓の音がどんどん大きくなっていく。音を聞かれていないか、心配になってしまうほどだ。

オフィーリアはフェリクスから離れて、小さく頷く。

（別にこれは、やましい気持ちでもなんでもないんだから……）

自分にそう言い聞かせ、オフィーリアはリボンに手をかける。フェリクスに見られていることで、どうしようもなく顔が熱を持つ。

指先が震えて、上手くリボンをほどけない。

（うぅっ、ちゃんとしないといけないのに……っ）

オフィーリアが自分の不甲斐なさに焦っていると、フェリクスが「ゆっくりでいいよ」と微笑んだ。

「は、はい……。でも」

それはそれで恥ずかしいので、一思いにほどいてしまいたい！　という気持ちも、大いにある。

「私しか見ていないから」

（それが恥ずかしいんじゃないですか……っ‼）

――それに。

（フェリクス様の声、意識しちゃう）

低く甘い声で囁《ささや》かれ、平常心でいられるほどできた人間ではないのだ。オフィーリアは四苦八苦しつつも、どうにかリボンをほどいて胸元のボタンを緩めた。

フェリクスが小さく息を呑む音が、耳に届いた。


オフィーリアの胸元に咲く、気高いフリージア。

丸みを帯びた花びらに、それを守るような力強い葉。乙女ゲームのモチーフになっているフリージアは、この世界で最も尊い花だ。


「美しい……」

フェリクスは慈《いつく》しむように、フリージアの巫女の印を見てくる。真剣な赤色の瞳に、すべてを暴かれてしまいそうだ。

「印は、ほんのり魔力を含《ふく》んでいるみたいです」

「……本当だ。もしかしたら、女神フリージアの魔力なのかもしれないね」

「はい」

女神フリージアはその姿を見せることはないが、こうして印があると身近な存在として感じることができる。

「見せてくれてありがとう、オフィ」

「いいえ。確認していただけてよかったです」

内心はとてもドキドキしていたけれど、どうにか平静を保つことができた。オフィーリアはそう思いながらほっと息をつき、ほどいたリボンを結び直すために手をのばす。

しかしそれを見たフェリクスが、「あ」と声をあげた。

「フェリクス様？」

「ねえ、私に結ばせて」

「え……っ！」

突然の申し出に、オフィーリアはフリーズする。

さすがにそれは恥ずかしすぎるのではないかとか、淑女《しゅくじょ》として遠慮《えんりょ》した方がいいのでは？　などなど考えが脳裏《のうり》に浮かぶ。

しかし、気づけばフェリクスの指がリボンにのびていた。

「じっとしててね」

「は、はい……」

「とはいっても、上手く結べる自信はあんまりないんだけど」

そう言いつつも、フェリクスの指は器用にリボンを結んでしまった。ほどく前と一緒で、とても丁寧《ていねい》に結ばれている。

（綺麗《きれい》な指先……）

ついつい視線がフェリクスの指を追ってしまう。

すると、隙ありとでもいうように、ちゅっとフェリクスの唇《くちびる》がオフィーリアの唇へと触れた。

「――っ！　フェリクス様……っ！」

「ごめん、オフィが私のことを見つめてくるから、つい……ね」

くすくす笑いながら、フェリクスは謝罪の言葉を口にした。

オフィーリアはテーブルの上の紅茶を見て、もう冷めてしまったことに気づく。

フリージアの巫女の印のことは報告できたけれど、実はもう一つフェリクスに相談したいこと――もとい、誘いたいことがあるのだ。

紅茶の代わりに新しいハーブティーを淹《い》れて、いざ話そうとするも……先ほどとは違う緊張に襲われる。

（ほ、本当にこんなお誘いをしても大丈夫かしら？）

ドッドッドッと、オフィーリアの心臓が嫌《いや》な音を立てる。

「どうしたの、オフィ」

「あ……」

あっさりフェリクスに緊張を見破られてしまい、オフィーリアは苦笑する。もう、意を決して話すしかない。

「実は、その……フェリクス様をお誘いしたいと思っていまして」

「うん？」

何か嬉しい話だということはわかったようで、フェリクスの表情が和《やわ》らぐ。早く話してと、その瞳がワクワクしている。

「そ、その……あまり期待されるとわたくしも困ってしまいます」

それどころか、フェリクスが喜んでくれる内容とも限らない。もしかしたら迷惑《めいわく》に思われるかも……とも、何度も考えた。

「私は、オフィに私のことを考えてもらえているだけでも嬉しいよ？」

「……っ！　そ、それは……わたくしも、嬉しいです」

「ふふ、同じだ」

だから早く教えてと、フェリクスが見つめてくる。

そんなフェリクスが可愛くて、オフィーリアの緊張は薄《うす》れていく。すると、すんなりフェリクスを誘う言葉が出た。

「……冬休みの間、わたくしの領地へいらっしゃいませんか？」

ドキドキしながら告げると、フェリクスは満面の笑《え》みを浮かべた。まだ答えは聞けていないというのに、それだけで胸がいっぱいになる。

その思いに、どうしようもなく幸せだとオフィーリアは頬を緩める。そんな気持ちが二人にあり、だからきっと油断していたのだろう。

一匹の闇夜の蝶が窓の外にいて、こちらを見ていたことに気づかなかった——。

第二章　悪役令嬢ルートの新キャラ

王都から北西の方面に、水の豊かな地ルルーレイク領がある。

穏《おだ》やかな気候で、とても暮らしやすい。のどかな農村が広がり、良質な草花や薬草類が育つことで有名。

特にハーブティーは女性から人気が高く、ルルーレイク領の右に出るものはない。

領民たちには活気があり、いつも笑顔《えがお》であふれている、最高の領地だ。


オフィーリアは、学園の冬休みを利用して領地に帰省することにした。馬車はもうルルーレイク領に入り、久しぶりの故郷に懐《なつ》かしさを覚える。

本来であればじっくり景色を楽しんでいるところなのだが、今はそうもしていられない。

なぜなら、向かいにフェリクスが座っているから。

意を決し帰省にフェリクスを誘《さそ》ったところ、あっさりオーケーをもらってしまった。多少は考えるかと思ったが、そんな素振《そぶ》りすら見せずに即答《そくとう》だったのだ。

なので、この冬休みはフェリクスと一緒《いっしょ》に過ごす。

「ルルーレイク領は久しぶりに来たけど、変わらず美しいね」

「ありがとうございます、フェリクス様」

オフィーリアは微笑《ほほえ》み、簡単に説明する。

「あそこの山の麓《ふもと》では、山葵《わさび》を育てているんですよ。質がよくて、他国からも人気なんです。向こうの川では新しい水車が使われています」

「そういえば、料理長がルルーレイクの山葵は絶品だって言っていたよ。水車も報告は聞いていたけれど、実際に見ると壮観《そうかん》だ」

フェリクスはそう言って、昼食のお弁当を料理長に教えてもらい作っていたときのことを話してくれた。

屋敷《やしき》へ着くまで会話を楽しんでいたため、時間が経《た》つのは、あっという間だった。


ルルーレイク家の屋敷が見えてくると、玄関《げんかん》で手を振《ふ》っている両親の姿があった。オフィーリアが帰省するのを、楽しみに待っていたようだ。

使用人たちも集まって、オフィーリアたちを出迎《でむか》えてくれている。

オフィーリアが馬車を降りると、父がぎゅっと抱《だ》きしめてきた。

「おかえり、オフィ！　元気そうでなによりだ！」

「ただいま戻りました。お父様もお変わりなく、安心しました」

親子で微笑みあうと、「あなた、オフィを独《ひと》り占《じ》めしないでちょうだい」と母が出てきた。

「ああ、すまんすまん」

「わたくしだって、オフィが帰ってくるのを楽しみに待っていたんですからね！」

ぷんと怒りながらも抱きしめてくる母を、オフィーリアは苦笑《くしょう》しながらも抱きしめ返した。


オフィーリアの父親、グレゴール・ルルーレイク。

筋肉のついた体は、百八十センチメートルと高く逞《たくま》しい。オフィーリアと同じ深いコバルトブルーの髪《かみ》は短くカットされており、後ろへ流している。

四十五歳だが、まだまだ若者には負けないと闇夜《やみよ》の蝶《ちょう》の討伐《とうばつ》や、領内の活性化などに力を注いでいる。


オフィーリアの母親、カナリア・ルルーレイク。

ふわりとしたピンクゴールドの髪は上品に編み込まれ、腰《こし》までの長さがある。ぱっちりとした水色の瞳《ひとみ》は、オフィーリアと同じだ。

三十三歳、百五十六センチメートルと小柄《こがら》だが、社交場ではパワフルに活動し一目置かれる存在だ。

なんとも、印象の強い両親だ。

「ただいま戻りました、お母様。相変わらず可愛《かわい》くてお綺麗《きれい》です」

「もう、オフィったら上手《うま》いんだから。オフィもとっても可愛いわ！」

久しぶりにオフィーリアに会えたため、カナリアはにこにこ顔だ。抱きしめてオフィーリアを堪能《たんのう》したあとは、馬車の前にいるフェリクスへ視線を送った。

「ご挨拶《あいさつ》が遅《おく》れまして申し訳ございません、フェリクス殿下《でんか》。ようこそいらっしゃいました、ゆっくりしていってくださいませ」

カナリアが淑女《しゅくじょ》の礼でフェリクスを迎え入れると、グレゴールもそれに続く。

「都会のようになんでもあるわけではありませんが、落ち着ける場所です。どうぞのんびりなさってください」

「ありがとうございます。学園の冬休みの間、お世話になります」

「フェリクス殿下はオフィの婚約者《こんやくしゃ》なのですから、家族も同然です。何か不便があれば、

「遠慮なくおっしゃってください」

「ええ」

フェリクスとグレゴールの握手《あくしゅ》で、和《なご》やかに挨拶が終わった。

屋敷の中へ……というところで、奥から一人の青年が顔を出した。年のころは、オフィーリアと同じくらいだろうか。

（誰《だれ》かしら？）

ラフなデザインだが、仕立てのいい服。おそらく、使用人ではないだろう。しかし、自分の帰省時期に客を招くという話は聞いていない。

オフィーリアが首を傾《かし》げていると、カナリアが青年の腕《うで》をとった。

「紹介《しょうかい》するわね。この子はダーク。オフィには言っていなかったのだけれど、養子を取ったのよ」

「え……っ!?」

とんでもない爆弾《ばくだん》発言に、オフィーリアは開いた口が塞《ふさ》がらない。だってそんな話、いっさい耳にしたことがなかったのだから。

「ダークはオフィの一つ上だから、お兄様ね」

カナリアに紹介されて、ダークは一歩前へ出た。

オフィーリアの義兄《ぎけい》となった、ダーク・ルルーレイク。

襟足《えりあし》の長いウエーブのかった黒髪は、軽く後ろへ流してある。褐色《かっしょく》の肌《はだ》とアメジストのような瞳は、吸い込まれてしまいそうだ。

白のシャツに、黒の服がその存在感を引き立てる。首元にはチョーカーを着け、胸元《むなもと》にはアメジストの宝石をあしらったリボン。

すらりとした体は鍛《きた》えられているようで、思いのほかがっしりしている。どこか威圧《いあつ》されそうな印象を受けた。


オフィーリアが戸惑《とまど》っていると、ダークがこちらに歩み寄ってきた。

「俺はダーク。よろしくな、妹」

ダークが手をのばしてきたので、オフィーリアは握手をする。

「……オフィィと呼んでください、ダークお兄様。突然《とつぜん》のことで驚《おどろ》きましたが、よろしくお願いします」

「ああ」

思いのほか気軽に接してくる兄――ダークに、オフィーリアは内心で頬《ほお》をひきつらせる。

いや、家族になったのだからこのくらいの方がいいのだろうが、こちらは今しがた知ったばかりなのだ。

（気が合うかしら……）

不安な思いにかられていると、そんなオフィーリアの心の内を読んだのか、カナリアがダークのすごいところを教えてくれる。

「ダークはね、魔法《まほう》の腕が一流なのよ。頭もいいし、器量もあって……非の打ち所がないと言ったらいいかしら」

「魔法の腕が……」

それに関しては、純粋《じゅんすい》に羨《うらや》ましいとオフィーリアは思う。どうにも、自分は魔法が下《へ》手《た》で練習しても上手くできない。

「まあ、割となんでもこなせる」

ダークはさらっと告げて、ははははと笑った。かなり自信家なのだということがわかるが、その笑顔はいまいち本心が読めない。

もしかしたら、ダークも突然の義妹《ぎまい》に戸惑っている部分があるのかもしれない。

「そんな方がわたくしのお兄様だなんて、とても嬉《うれ》しいです。ですが……もっと早く教えてください、お母様」

いったいいつの間に養子縁組《えんぐみ》をしたのだと問いただすと、急遽《きゅうきょ》決まって連絡《れんらく》する余裕《よゆう》もなかったのだとカナリアが言う。

「ごめんなさいね、オフィ」

カナリアが謝罪の言葉を口にすると、グレゴールがダークの肩《かた》に手を置いた。

「実は、ダークは私の友人の息子《むすこ》なんだ。オフィは行ったことがないと思うが、ここから馬車で一ヵ月ほどのところにあるフィナント王国の出身でね……」

その友人夫婦《ふうふ》が亡《な》くなったため、急遽、養子として迎え入れることにしたのだと教えてくれた。

突然の出来事だったためグレゴールも驚いたが、ほかに親族もいなかったため、残された親友の忘れ形見を守りたいと申し出たそうだ。

（お父様にとって、とても大切な友達だったのね）

「二人が仲良くしてくれたら、きっとあいつも喜ぶだろう」

「……はい」

本当は手紙の一つもくれればよかったのにと文句を言いたかったが、そんな話を聞かされてはそんな気もなくなってしまう。

友人が急に亡くなって、連絡する余裕もなかったのかもしれない。いや、なかったのだろう。

（お父様はこう見えて、涙《なみだ》もろいから……）

大きな体で存在感があり力強いのだが、とても感情豊かだ。今でこそ明るく振舞《ふるま》っているが、きっと当時はひどく憔悴《しょうすい》していただろう。

仲良くできたらいいなと、オフィーリアは思った。


両親の話が終わると、ダークはフェリクスに視線を向けて腰を折った。

「お初にお目にかかる、フェリクス殿下。ダーク・ルルーレイクだ、よろしく」

「ちょ、お兄様！　フェリクス様は王太子殿下なのよ⁉　そんな軽い挨拶で許されるわけがないでしょう……‼」

一般《いっぱん》常識を知らないのかと、オフィーリアは頭を抱《かか》える。王族相手にそんな態度をとるなんて、不敬もいいところだ。

オフィーリアが慌《あわ》てていると、フェリクスがダークに笑顔を見せる。

「別に構わないよ。次期公爵《こうしゃく》として、よろしく頼《たの》む」

フェリクスとダークが握手を交《か》わし、挨拶する。

「もちろん。将来仕える相手が、変な奴《やつ》じゃなくてよかった」

「お兄様‼」

まるでフェリクスを品定めするかのような言い草に、オフィーリアが再び声をあげる。

「オフィ、大丈夫《だいじょうぶ》だよ。それにしても、ダークは正直だな。……まあ、変に堅苦《かたくる》しい側近ばかりよりいいかもしれないな」

フェリクスがそう言うと、ダークは「そうだろう」と笑ったのだった。


一通りの挨拶をすませ、オフィーリアはフェリクスとともに自室へやってきた。

水色を貴重とした部屋で、たくさんのハーブや花が飾《かざ》られている。レースのカーテンがかかった窓からは、もうオレンジ色の夕日が差し込んでいた。

オフィーリアはオレンジピールティーを淹《い》れて、フェリクスと並んでソファに座る。落ち着くと、一気に旅の疲《つか》れが襲《おそ》いかかってきた。

「今日はもう、ゆっくりした方がよさそうですね」

「そうだね。何日もの馬車の旅は、思っているより体に疲れがたまるからね」

よしよしと、フェリクスが甘やかすように頭を撫《な》でてくれる。とても気持ちよくて、うっかり眠《ねむ》ってしまいそうなほどだ。

（フェリクス様の隣《となり》は、すごく安心できる……）

リラックスと言ってもいいかもしれない。

オフィーリアはふるふる頭を振って、フェリクスの手のひらからの脱出《だっしゅつ》を試みる。

「どうしたの、オフィ」

「このままでは寝《ね》てしまいそうです、フェリクス様。撫でていただけるのは、その……とても嬉しいのですが」

「寝てもいいよ？」

くすくす笑いながらフェリクスは言うけれど、さすがに嫁入《よめい》り前の娘《むすめ》としてそれはいただけない。

「駄目《だめ》です。それに、せっかくだから何かお話を——あ」

「うん？」

「そうだったわ！　フェリクス様、ダークお兄様の無礼を許しすぎです」

つい先ほどのことを思い出し、オフィーリアは頬を膨《ふく》らませる。あれでは、フェリクスが周囲から侮《あなど》られてしまうかもしれない。

（それは絶対に嫌《いや》！）

公爵家の人間になったのだから、ダークにはもう少ししっかりしてほしい……と言うのがオフィーリアの考えだ。

「私は大丈夫だと思っているよ」

「え？」

フェリクスの言葉に、オフィーリアは目を瞬《しばたた》かせる。ダークのどこに、大丈夫だと思える要素があったのだろうか。

　オフィーリアが困惑《こんわく》していると、「カナリア様だよ」と微笑んだ。

「カナリア様は、社交界でかなりの力を持っているし、礼儀《れいぎ》作法にも厳しいだろう？　そんな彼女が、ダークの無礼を見逃《みのが》すわけがない。つまり、ダークの立ち居振舞いは完璧《かんぺき》なんだと思うよ」

　おそらく場所を考え、姿勢を変えているのだろうとフェリクスが言う。

「えぇ……」

　過大評価しすぎではないだろうかと、思わず言ってしまいそうになった。

（でも、確かにお母様はマナーにとっても厳しいわ）

　ダークが何も言われていなかったということは、やはり所作は完璧なのだろう。むしろ、合格でなければフェリクスの前に出してはもらえなかったはずだ。

「それじゃあ、お兄様はわかっていてやったってことじゃない」

　なお悪いと、オフィーリアはため息をつく。

「まあ、私は気にしていないから大丈夫。むしろ、あそこまで堂々としているダークの将来がとても楽しみになったよ」

「……フェリクス様がいいなら、いいです。ですが、何か行き過ぎることがあればいつでもおっしゃってください」

「うん、わかった。これで、ダークの話はもう終わり」

「え？」

そう言ったフェリクスに肩を抱かれて、唇《くちびる》同士が触《ふ》れる。

「あ……、ん」

優《やさ》しい唇の感触《かんしょく》に、体の力が抜《ぬ》けていく。

（キスなんてされたら、フェリクス様のことしか考えられなくなっちゃう……）

ああもう、大好きすぎて困ってしまうほどだと、オフィーリアは思う。強くて優しくて、独占欲《どくせんよく》もあって――オフィーリアの大好きな人。

（永遠にこの時間が続けばいいのに）

そんなことを思いながら、夕食まで二人きりの時間を堪能した。


――体の疲れも取れてきた翌日。

屋敷から一時間ほど歩いたところにある、オフィーリアお気に入りの湖。人が来ることはまずないため、小さなころにこっそり魔法の練習をしていた場所だ。

そこに、フェリクスと二人で散歩がてらやってきた。

いつもなら馬車を使うのだけれど、今後、闇夜の蝶と戦うことも考え……体力作りも兼《か》ねて歩いてみたのだ。

ここにやってきた目的は、オフィーリアが聖属性の魔法を使うことができるかどうかの確認《かくにん》のため。

さすがに、家族をはじめ使用人のいる屋敷で試《ため》すわけにはいかなかった。

オフィーリアは湖の際《きわ》に立ち、特に意味なく水面を見てしまう。

（ああっ、緊張《きんちょう》するわ）

胸元にフリージアの巫女《みこ》の印が現れたのだから、きっと聖属性を扱《あつか》えるようになったのだろう。けれど最大の問題は、魔法の下手くそな自分がちゃんと使うことができるのか？ということだ。

使えるはずなのに魔法が発動しないなんて、役立たずの巫女もいいところだ。

（別に、魔法の練習をしてこなかったわけじゃないのよ）

頑張《がんば》ってみたけれど、一向に上手くならなかっただけだ。努力しても乗り越えられない壁《かべ》が、そこにあったのだ。

「オフィ、緊張してるの？」

フェリクスが横に立ち、優しくオフィーリアの肩を抱く。大丈夫だと安心させるように、ぽんぽんと肩を撫でてくれた。

「大丈夫だよ、魔法はちゃんと使える」

「ですが……私の魔法の成績はフェリクス様だってご存じでしょう？」

教師も手を焼いているのに、冬休みの間にどうにかなるとは——正直思えないのだ。

（もちろん頑張る、頑張るけど……っ‼）

どうしても嫌な汗《あせ》が流れてしまう。

「……オフィの手、冷たくなってるね」

「あっ」

突然、フェリクスが指を絡《から》めてきた。オフィーリアは緊張もあって指先まで冷たいけれど、フェリクスの手は温かい。

「私が温めてあげる。……役得だ」

「フェリクス様ったら」

嬉しそうに笑うフェリクスを見て、オフィーリアの緊張がほぐれていく。気持ちも落ち着き、自然とフェリクスの指先に自分の指を絡める。

「ああもう、オフィはどうしてそんなに可愛いの」

独り占めして、離《はな》したくない。フェリクスはオフィーリアの肩口に頬を載《の》せ、「ずっと私だけのものでいて」と小さく呟《つぶや》いた。

オフィーリアは、そんなフェリクスの告白に目を瞬かせる。

フリージアの巫女が複数の夫を持てることを気にしているのだろう。そんなこと、オフィーリアがするわけもないのに。

「わたくしはずっと、フェリクス様だけのものです」

「……うん」

オフィーリアが返事をすると、それを合図にして……どちらからともなく唇が重なった。


一休みしたところで、さっそく魔法を使ってみることにした。

「聖属性魔法は、闇夜の蝶へ効果的なダメージを与《あた》えることのできる強い魔法だ。使える者はフリージアの巫女に限られ、どういった魔法かは巫女になるとおのずとわかると……文献《ぶんけん》にはそう記《しる》されていた」

「フリージアの巫女は、長い歴史の中で何人もいるわけではないですからね」

おそらく、片手で数えるほどしかいなかっただろう。そのうちの一人が、ゲームのヒロインでありプレイヤーだ。

（わたくしは、ヒロインの次の代の巫女……ということよね）

オフィーリアも元々はプレイヤーだったため、ヒロインが使っていた聖属性魔法のことは知っている。

（簡単な魔法だと、回復魔法や味方の支援《しえん》魔法……それと、難しい魔法は闇夜の蝶を倒《たお》すための攻撃《こうげき》魔法）


使える魔法は、六つ。

【癒《いや》しの祈《いの》り】怪我《けが》と、闇夜の蝶にあてられた瘴気《しょうき》を癒す。

【剣《けん》の祈り】攻撃力を上げる。

【盾《たて》の祈り】防御力《ぼうぎょりょく》を上げる。

【浄化《じょうか》の祈り】一体の敵に攻撃を行う。

【光の祈り】複数の敵に攻撃を行う。

【フリージアの祈り】一体の敵に強力な攻撃を行う。


一番強力な魔法は、フリージアの祈り。フリージアはゲームのタイトルにもなっていて、この世界でとても神聖なものだ。

魔法はゲームが進んでいくと、順に使うことができるようになってくる。おそらく、巫女の強い思いなどで新たな力が開花するのだろう。

ただその分、何回も使えるものではない。魔力《まりょく》をごっそり失うので、一度の戦闘《せんとう》で三回も使えたらいいだろうか。

一番簡単な魔法は癒しの祈りだが、今は怪我人がいないため使うことができない。そのため、攻撃力強化の【剣の祈り】を使ってみようと考える。

「落ち着いて、オフィ。自分の胸元にあるフリージアの魔力を感じ……それを体中に巡《めぐ》らせるんだ」

「……はい」

フェリクスの声に耳を傾《かたむ》け、オフィーリアは目を閉じる。すると、自然と自分の中にある、けれど自分のものではない魔力を感じることができた。

（これが、女神《めがみ》フリージアの魔力……？）

体が芯《しん》から温まるような、見守ってもらえているような、そんな優しい魔力だ。

――この世界を、守りたい。

そう祈った瞬間《しゅんかん》、オフィーリアの体がキラキラと輝《かがや》きだした。聖なる力が溢《あふ》れ出《だ》し、女神フリージアに認められたのだ。

「……フェリクス様に、【剣の祈り】を」

オフィーリアが祈りを口にした瞬間、フェリクスの周囲で赤色の火花が散った。無事に攻撃力アップの効果がついたのだろう。

ゲームと同じエフェクトを見て、オフィーリアは本当に自分がヒロインと同じフリージアの巫女の力を手に入れたのだと実感した。

「これが、オフィの聖属性の力……？　すごい、力が溢れてくる」

どうやらフェリクスはすぐに効果がわかったようで、驚いている。自分の手を握《にぎ》ったり開いたりして、体の状態を確認しているようだ。

どこかワクワクしているフェリクスに、オフィーリアは魔法の説明をする。

「攻撃力が上がる祈りです。剣と魔法、どちらでもその効果が得られるはずですが……」

「それはすごいな。試してみても？」

「もちろんです」

オフィーリアが頷《うなず》くと、フェリクスは近くにあった大きな岩へ向かって手を向けた。

「炎《ほのお》よ、岩を砕《くだ》け――【炎の剣】！」

フェリクスの力強い声に応えるように、空中に五本の炎の剣が現れる。それが一斉《いっせい》に、大きな岩へ向かって放たれた。

瞬間、大きな音を立てて岩が砕け散った。

「――！」

オフィーリアの【剣の祈り】の効果に、魔法を放ったフェリクス自身が驚いて目を見開いた。まさかこれほどとは、と。

「まいったな……これがフリージアの巫女の力か、すさまじい。誰もがほしがる力だ」

賛辞を告げるフェリクスにオフィーリアは嬉しさを覚えつつ、その物言いに違和感《いわかん》を覚える。だってまるで、初めて魔法を使ってもらったような素振りだ。

「……アリシア様の魔法も、同じ効果だったと思いますよ？」

フェリクスたちは以前、アリシアと一緒に闇夜の蝶を討伐していた。

正直ここでアリシアの名前は出したくなかったけれど、魔法に違《ちが》いはないのだから仕方がない。

（もしかしたら、フェリクス様はわたくしに自信をつけさせようとしてくれているのかもしれないけれど……）

しかし、フェリクスから衝撃《しょうげき》の事実を聞くことになった。

「いや、今の魔法を使ったところは見たことがないよ。アリシア嬢《じょう》が使っていたのは、攻撃魔法ばかりだったと思う」

「ええっ⁉」

フェリクスの話によると、アリシアは【浄化の祈り】などの攻撃魔法しか使っていなかったようだ。闇夜の蝶をガンガン倒したかったにしても、さすがに行き過ぎだ……。

（つまり、フェリクス様たちは支援魔法なしで戦っていたっていうことね）

アリシアたちとの過酷《かこく》な戦いを思い浮《う》かべ、フェリクスたちが不憫《ふびん》になる。自分なら、もっとサポートしてあげられるのに、と。

「……わたくしは支援魔法が使えるので、フェリクス様たちをしっかりサポートさせていただきますね」

「うん、百人力だ。よろしくオフィ」

「はいっ！」


——さて。

試した結果、聖属性の魔法を使うことができた。

「本当に、わたくしがフリージアの巫女……」

改めて実感し、ドキドキと心臓が早くなる。

ただ、検証したところすべての聖属性魔法を使えるわけではなかった。使うことができたのは、【剣の祈り】と【癒しの祈り】の二つだけ。

ちなみに【癒しの祈り】は、岩の破片《はへん》でちょびっと怪我をしてしまった際に使ってみた。

しかし元々魔法が下手なので、この二つが使えただけでも上々。それでも、ほかの魔法を使えなかった悔《くや》しさはあるけれど。

これを機に、もっと真剣《しんけん》に魔法の練習をしようとオフィーリアは気合を入れた。


オフィーリアの聖属性魔法の検証も終わり、フェリクスは湖が見える場所にシートを敷《し》いた。

屋敷へ戻る前に、もう少し二人でのんびりしたかったからだ。

「今日はローズヒップティーにしてみました」

「……ん、美味《おい》しい。スッキリしてるから、私は好きだな」

「よかったです」

ローズヒップは栄養満点なので、オフィーリアが疲れたときによく淹れるハーブティーの一つだ。

フェリクスはハーブティーを飲むと、ごろんと横になった。その場所は、オフィーリアの膝《ひざ》の上。

「あ……っ！」

「オフィの膝、あったかいね」

フェリクスはいたずらっ子のように微笑み、オフィーリアの長い髪に指を絡ませる。ずっと、こんな風にオフィーリアと二人の時間を過ごしてみたかったのだ。

オフィーリアはわずかに頬を赤く染めている。どうやら、照れているようだ。

（いつもの強気な顔もいいけど、こういう顔も可愛いな）

フェリクスは手をのばして、オフィーリアの頬に触れる。すると、驚きながらも嬉しそうに目を細めた。

その表情が、たまらなくて――愛《いと》おしい。

「……膝枕《ひざまくら》はいいけど、これだと私からキスが届かないね」

「あ……もう、フェリクス様ったら」

からかうような言葉に、オフィーリアは笑う。どちらかというと、キスをできるのはオフィーリアの方だ。

(オフィからのキスがほしいな)

フェリクスはそう考えてしまったが、まだ早いだろうか。

幼いころから婚約しているが、初めてキスをしたのは最近だ。した回数が多い訳でもないし、オフィーリアは照れている。

(まあ、それがたまらないんだけど……)

自分から起きてキスをするか、それともねだってみるか……どちらがいいかフェリクスは真剣に思案する。

オフィーリアはといえば、何やら悩《なや》み始めてしまったフェリクスを見て戸惑っているようだ。いったいどうしたのだろう？　と。

「フェリクス様？　ええと、何かお嫌でしたか？」

「いや？　オフィに嫌なところなんて、ひとつもないよ。ただ――」

「ただ？」

オフィーリアが、フェリクスの言葉を反芻《はんすう》する。その瞳は清らかで、フェリクスがやましいことを考えているなんて微塵《みじん》も思ってはいないだろう。

（なんだかいけないことを考えている気分だ）

思わず口元に手を当ててしまう。

しかしそれを不安に思ったのか、オフィーリアの眉《まゆ》が下がる。観念して、考えていたことを伝えた方がよさそうだ。

「……どうやったらオフィとキスできるか、考えていたんだ」

「え……っ⁉」

まったく予想外の答えだったようで、オフィーリアの目が点になった。そしてどうしたらいいかわからないというように、視線が泳いでいる。

そんな反応をされたら、もっといじめたく――いや、可愛がりたくなるというのが男心というものだろうか。

「ねえ、オフィは答えがわかる？」

「ええっ⁉　え、ええと、えっと……」

慌てながらも、オフィーリアの顔は真《ま》っ赤《か》だ。きっと、自分からキスをするという正解を導き出したのだろう。

けれど、自分からキスをしますとは言いだせないのだろう。

(言ってくれたら嬉しいのに)

――と、フェリクスは思ってしまうけれど。そう思っていたら、オフィーリアは恥《は》ずかしがりながらも口を開いた。

「わ、わたくしが……腰を折れば、その……」

キスができます、と。

とても小さな声で、オフィーリアが答えを伝えてくれた。

「さすがオフィ、満点だ」

フェリクスが満面の笑《え》みを浮かべ腕を伸《の》ばすと、自然とオフィーリアが腰を曲げ、顔を近づけてきてくれた。

恥ずかしいが、オフィーリアの気持ちもフェリクスと同じだったようだ。

伸ばした腕で優しく抱きしめて、フェリクスはオフィーリアからの口づけを受け止める。

軽く触れるだけの、柔《やわ》らかなキス。

触れている時間はわずかだったけれど、心は十分に潤《うるお》った。

「可愛い、オフィ」

「フェリクス様……」

オフィーリアを見ていると、大切に部屋の奥へとしまっておきたくなるのだ。それはずっと昔から、今も、変わらない。

フェリクスにとって、オフィーリアは宝物だ。

「……こんなこと、言うべきじゃないことはわかっているんだけど」

「フェリクス様？」

体を起こして、フェリクスはオフィーリアの手を握る。

「……オフィ。フリージアの巫女の印の聖属性の力はとても強く、闇夜の蝶に有効だ。けれど、戦う選択《せんたく》をした場合――常に、危険と隣合わせになる」

フェリクスは、静かに自分の気持ちを伝えた。

「もちろん、オフィのことは絶対に守るよ？　だけどね、こればかりは仕方がないんだ。男の、さがのようなものかなぁ」

本当は戦いになんて身を置いてほしくない――そうフェリクスが苦笑すると、オフィーリアはゆっくりと首を振った。

「わたくしは、フェリクス様にそれほど大切に思っていただいて嬉しいです。ですが、今まで助けてもらってばかりだったなとも思いました」

男ではないから剣の鍛錬《たんれん》なんてしていないし、適性である闇属性魔法は忌避《きひ》され使えないので水属性魔法を使ってきた。

「正直に言って、わたくしは足手まとい」

「オフィ、そんなことは——」

「いいえ」

足手まといだということは、オフィーリア自身が一番わかっている。けれど、それでも前を向こうとしているのだ。

「今までのわたくしだったら、きっと戦うという選択肢《せんたくし》はないままでした。自分は強くないから——と。けれど今は、戦うための最強の力があるの」

フリージアの巫女の力という、聖属性の魔法の力が。

「わたくしは、フェリクス様の……妻になります。そのとき、一緒に横に立ち、ともに戦える自分でありたいと思っています」

今は未熟かもしれないけれど、大好きなこの国を守りたい。オフィーリアは真剣な瞳で告げて、フェリクスの手を握り返す。

（ああもう、オフィには敵《かな》わない）

オフィーリアの言葉に、フェリクスは胸を打たれた。自分の隣で歩む決意をしてくれたのが、オフィーリアでよかった——と。

彼女は自分が想定する数歩先にいて、望んでいる言葉以上のものをくれる。

「ならば、私はオフィの剣であり、盾となろう」

「わたくしは、ずっと隣で支えます」

そう言って、微笑みあった。

フェリクスが立ち上がり、ぐぐっと伸びをする。

オフィーリアはその様子を横目で見ながら、今の状況《じょうきょう》を考えていた。

――これはおそらく、悪役令嬢《れいじょう》ルートのシナリオ。

悪役令嬢ルートに入り、攻略《こうりゃく》キャラクターと無事に両想《りょうおも》いになれました。めでたしめでたし、というわけにはいかないのだろう。

もしかしたら、シナリオ通りに進むように、自分の感情すら何ものかによって変化させられているのでは……とも、考えてしまった。

けれど。

（わたくしのこの気持ちに、嘘《うそ》はないわ）

転生したとはいえ、ここはオフィーリアが生まれ育った世界。守りたいという気持ちは、至極《しごく》当然に自分の中に芽生えている。

（もっと、強くなりたい……）

屋敷に戻《もど》る前に、オフィーリアはもう少しだけ魔法の練習をすることにした。

「あまり無理をしすぎるのもよくないよ？」

「それはそうなのですが、魔法を使えたことが嬉しくて」

今日は終わりにしてもいいのではと言うフェリクスに首を振って、オフィーリアは両手を構えるように前へ出す。

もしかしたら、先ほどは使えなかった魔法を使えるようになっているかもしれない。

「あの木に向けて……浄化の祈り！」

しかし、何も起こらない。

(うぅっ、駄目だわ……‼)

フェリクスの隣に立ちたいと宣言したばかりなのに、なんということだろう。大見得を切ったのにきちんと魔法が使えないなど、恥ずかしい。

穴があったら入りたい……そんな風に考えながら魔法の練習をしているオフィーリアの耳に、「大丈夫だよ」という声が届く。

見ると、隣でフェリクスが微笑んでいた。

「オフィなら、きっとできる」

「フェリクス様……」

「最初からすべて上手くなんて、思う必要はないよ。人間はみんな、少しずつ成長していくんだから」

むしろ、初めて聖属性を使い、二つも魔法が使えたことはすごいことだと褒《ほ》めてくれた。

「だからもっと自分を甘やかしてあげて」

「……そうですね。魔法が下手なわたくしが、聖属性魔法を使えたんだもの」

（最初から欲張りすぎても駄目よね）

確かにもっと喜ぶべきだったと、オフィーリアは笑う。

「これから特訓して、攻撃魔法も使えるようになります。わたくしは、格好良く魔法を使えるようになってみせます!!」

「そりゃすごいな」

オフィーリアがぐっと拳《こぶし》を握り言い切ると、唐突《とうとつ》にからかうような第三者の言葉と笑い声が聞こえてきた。

オフィーリアは周囲を警戒《けいかい》し――ダークを見つけた。

「なんだ、オフィは格好良い魔法使いになるのか」

「お兄様!?」

軽く手を上げながらこちらに来るダークに、オフィーリアは驚く。いったいこんなところまでどうしたのだろう、と。

「二人がここにいると聞いてな」

「そうだったんですか」

「そろそろ、出かけてからいい時間になるね。屋敷で心配を？」

ダークの言葉にオフィーリアが頷き、フェリクスは帰りが遅《おそ》くなってしまっただろうかと懸念《けねん》している。さすがに、婚約者の両親に心配をかけるわけにはいかない。

けれど、ダークは「大丈夫だ」と首を振る。

「父も母も、殿下のことを信頼《しんらい》していますから。仲睦《なかむつ》まじくていいことだと、そう言っていましたよ」

「そうか」

フェリクスがほっとしたところで、ダークは「魔法の練習か？」とオフィーリアを見る。なんといっても、格好良い魔法使いになるのだからなとダークが笑う。

「お兄様、笑いすぎです」

「ハハッ」

（……そういえば、お兄様は魔法が上手いってお母様が言っていたわね）

もしかしたら教えてもらうことができるかもと、オフィーリアは魔法の練習中だと素直《すなお》に頷いた。

「へぇ……学外でも練習するなんて、オフィは偉《えら》いんだな。……っと、そういえば、殿下」

「なんだ？」

「さっき、従者が探してましたよ。なんでも手紙が届いたとかなんとか」

それを聞き、フェリクスの眉がぴくりと動く。

冬休み中、特に連絡の来るような事柄《ことがら》はなかったはずだ。しかし従者が探していたとなると、緊急性《きんきゅうせい》の高いものかもしれない。

フェリクスがどうすべきか思案していると、ダークが「どうぞ」と告げた。

「オフィのことなら、俺が見ています。急ぎかもしれないから、殿下は先に戻った方がいいのでは？」

「何かあってからでは遅いですもの。わたくしはお兄様と戻りますから、フェリクス様は先に戻っていてください。わたくしの足では、遅れてしまいますから」

オフィーリアと一緒にのんびり歩くと一時間はかかるが、フェリクスが急げば三十分ほどで戻ることができるだろう。

フェリクスが心配そうにしているので、オフィーリアはその背中を押して「大丈夫ですよ」と声をかける。

「……それなら、お言葉に甘えて先に戻るよ。ダーク、知らせてくれてありがとう」

「いえいえ」

「気をつけてお帰り下さいね、フェリクス様」

「うん。オフィも戻るときは気をつけて」

フェリクスはオフィーリアの頭を撫でてから、一足先に屋敷へ戻った。

（お兄様は、このことを伝えに来てくれたのね）
使用人に任せてもいいのに、自ら来てくれたようだ。そのことに少しだけ、ちゃらいだ
けではなく優しい人なのだろうとオフィーリアは思った。
太陽の位置を確認してみると、もう少しで日が落ちてしまいそうだ。ここにいられるの
も、あと二十分くらいだろうか。
冬なので、日が落ちるのが早い。
（もう少し魔法の練習をしたら、わたくしたちも戻った方がよさそうね）
オフィーリアがそう考えていると、ダークから「魔法、見てやるよ」と言ってくれた。
「いろいろな切り口で教えられた方が、上達も早いかもしれない」
「本当ですか⁉　ありがとうございます、お兄様！」
オフィーリアが喜ぶと、ダークが笑う。
「大袈裟《おおげさ》だな。妹なんだから、いつだって見てやるよ」
ダークの嬉しい言葉に、頬が緩《ゆる》む。
聖属性は使えないので、オフィーリアは水属性魔法の練習をすることにした。
もしかしたら、水属性魔法が上達して、攻撃魔法や防御魔法を使えるようになるかもし
れない。そんな期待に胸が膨らむ。

（もしかしたら、お兄様のアドバイスでバケツ一杯《ぱい》の水を出すことができるようになるかもしれない）

それだけできるようになったら万々歳《ばんばんざい》だ。

「ほら、やってみろ」

「はいっ！」

——結果。

「お前、センスないな……！　どうやったら、そんなにちゃっちい魔法になるんだ？」

「…………」

めちゃくちゃ率直《そっちょく》にディスられてしまった。

正直に言うダークに、オフィーリアは若干《じゃっかん》イラっとする。せめてこう、もう少しフォローしてくれてもいいのではないだろうか。

（わたくし、お兄様と上手くやっていけないかもしれないわ）

睨《にら》みつけたいのをぐっと我慢《がまん》し、オフィーリアは笑顔を作る。

「練習はしているのですが……」

「魔法の才能がないにもほどがあるぞ。これなら、水を汲《く》んだ方が早い」

（ギルティ‼）

妹がこんなに歩み寄ろうとしているのに、なんという兄だ。

魔法の才能がないことなんて、初めからわかりきっている。所詮《しょせん》ヒロインの当て馬にされる悪役令嬢なのだから。

（――でも！）

オフィーリアはぐっと拳に力を入れる。

（ヒロインにいいようにされる悪役令嬢の時代は、終わったのよ‼）

これからは悪役令嬢ルートで、薔薇色《ばらいろ》の未来が待っているのだ。もしかしたら、どこかで魔法の才能が一気に花開くことも考えられる。

そうすれば、未来には夢と希望とフェリクスとの新婚《しんこん》生活があるのみだ。

オフィーリアが妄想《もうそう》で現実逃避《とうひ》していると、ダークがやれやれとため息をついた。

「ほら、体の力を抜いてみろ」

「――！」

ダークに手を取られ、体を引かれた。すると、ダークは思案するように、まじまじとオフィーリアを見た。

「別に体に魔力が巡ってない……ってわけでもないが、ゆっくりすぎるな。だから魔法の発動が上手くいかず、効果も小さくなるんだろう」

「え……」

あっさりと原因らしきものを口にしたダークに、オフィーリアは目を瞬かせる。だって、今まで誰にも魔法が下手な理由はわからなかったのに。

（魔法の腕は、本当にいいのね）

これで性格もよければ最高だった。

「俺が魔力の補助をしてやるから、もっかい魔法を使ってみろよ」

「は、はい……」

ダークに言われ、オフィーリアはティーカップに手をかざす。先ほどまでハーブティーを飲んでいたものを、練習に使用しているのだ。

「水よ――、っ！」

オフィーリアが魔法を使おうと集中した瞬間、ダークの魔力が干渉《かんしょう》してきた。ものすごい威圧感を受け、思わず息が詰《つ》まる。

しかしそのおかげか、オフィーリアの魔力は普段《ふだん》よりも早く展開されていく。

結果として、ティーカップから水が溢れ、噴《ふ》き出した。その水の量は、いつもの二倍ほどだろうか。

「わ……すごい」

「だろう？　まあ、俺様にかかったらこんなもんだ。しっかし、それでもしょぼいことには変わりないな」

「…………」

好き勝手言いやがってと怒《おこ》りたいところだが、魔法の改善をしてもらったので、笑顔で返事ができそうなほど気分はいい。

オフィーリアは魔法が上手くいったのでニコニコだ。

そこでふと、オフィーリアはダークの魔法を見てみたいと思った。

「お兄様は、どのような魔法を使うんですか？」

「俺か？　俺は――舞い散り踊《おど》れ【極夜の風】！」

ダークが魔法を使った瞬間、周囲一帯の落ち葉が空高く舞い上がった。そしてダンスをするように円を描《えが》いたり、イルミネーションみたいにキラキラと降り注ぐ。

「わあぁぁぁ」

オフィーリアは目を輝かせ、感嘆《かんたん》の声をあげる。

「こんなにすごい風魔法、初めて見ました！」

「そうか？　そんなに言うなら、もう少しサービスしてやるよ」

にっと笑ったダークは、さらに風で落ち葉を操《あやつ》る。湖の水面を風圧で割ったり、木の枝を切り落とすなんてこともしてくれた。

威力《いりょく》も抜群《ばつぐん》で、もしかしたらメインキャラクターに匹敵《ひってき》する腕前《うでまえ》かもしれないとオフィーリアは思う。

「すごい、すごいですお兄様！　こんなに素敵《すてき》な魔法を使う人は、初めてです」

オフィーリアが褒めると、ダークが「そうか？」と嬉しそうに笑う。

（まるで、魔法の申し子みたい）

オフィーリアが尊敬の眼差《まなざ》しで見ていると、ふいに鋭《するど》い風の刃《やいば》が顔の真横を通った。その風圧で、オフィーリアの髪が舞う。

「――っ！」

一瞬《いっしゅん》の出来事すぎて、驚くことも、声を出すこともできなかった。心臓が嫌な音を立てて、冷《ひ》や汗《あせ》をかいている。

「……わりぃ、コントロールミスったみたいだ。オフィに怪我がなくてよかった」

「びっくりしました。お兄様ほどの腕でも、ミスをすることもあるんですね」

「たまたまだよ、たまたま。いつもはこんなポカしねーし」

オフィーリアが大丈夫ですと笑うと、ダークは「よかった」と言ってオフィーリアの頭にぽんと手を載せた。

「んじゃ、そろそろ帰ろーぜ。殿下も待ってるだろうしな」

「はい」

ダークと少し打ち解けることができて、オフィーリアは笑顔になる。

突然できた義兄だったので、正直不安は多かった。しかも、年は一つしか違わない。ほっと胸を撫でおろしながら、帰路についた。


お風呂《ふろ》から上がったオフィーリアは、団欒室《だんらんしつ》へとやってきた。ここは家族がのんびり過ごす部屋で、ティータイムや読書をすることも多い。

今はオフィーリア一人だけで、ほかの家族やフェリクスは自室にいるようだ。

「今日は疲れたわ……」

しばらくソファでだらけると、オフィーリアはハーブティーを淹れるために立ち上がった。今夜はカモミールティーだ。

「寝る前にハーブティーを飲むのって、幸せ～」

るんるん鼻歌まじりで用意していると、ノックの音と同時に部屋のドアが開いた。見ると、同じく風呂上がりのダークが立っていた。しかも、バスローブのままだ。

「なんだかいい香りだな」

「お兄様、せめて着替《きか》えてくださいませ……」

ここは自室ではないのだからと、オフィーリアはこめかみを押さえる。

「はは、細かいことは気にするな。屋敷の中でくらい、多少は自由でいさせてくれ」

「……………」

ダークの言葉に、オフィーリアは返事に困ってしまう。

（お兄様は、ご両親が亡くなったばかりなのよね……）

今までの生活がどんなものだったかは知らないけれど、公爵家の息子になったのだから、変わった部分は多いはずだ。

自由にできる部分は、ぐっと減っただろう。

（魔法を教えてくれたお礼に、今日は見逃してあげよう）

オフィーリアは、自分とダークのカモミールティーを用意しテーブルへ置いて、ダークの向かいに座った。

「サンキュ」

「いえ。わたくしはハーブティーが好きなんですが、お兄様のお口に合うか……」

ハーブティーは紅茶に比べるとクセが強いため、好《す》き嫌《きら》いがはっきりと分かれる。他国出身のダークの好みかはわからない。

ダークはティーカップを持ち、その香りに頬を緩めた。

「たぶん、好きだと思う。……実は、この家に来てすぐ、ハーブティーの存在を知ったんだ。今まで飲んだことがなかったからな」

「お茶に興味がないと、ハーブティーを手にする機会もありませんからね」

ハーブティーはこんなに美味《おい》しいのに、あまり広まっていない。貴族の令嬢であれば嗜《たしな》む人もいるけれど、そうでなければなかなか……。

「それで、飲もうと思ったんだが……」

「思った――ということは、飲まなかったんですか？」

機会はたくさんあったはずなのに、なぜ？　と、オフィーリアは不思議に思う。

「カナリア様に、オフィのハーブは絶品だと言われたんだ。さらに、使用人たちまで口を揃《そろ》えてオフィの淹れるハーブティーが一番だって言うんだぜ？」

「まあ……」

いったい何を言っているのだと、オフィーリアは苦笑する。もちろん、自分のハーブティーを評価してもらえていることは嬉しいけれど。

「だから、ハーブティーはオフィが淹れたのを飲もうって決めたんだ」

「なんというか、プレッシャーがすごいです」

確かに自分でも淹れるのは上手い方だと自負しているが、そんなに期待を込《こ》められても困ってしまう。

オフィーリアがこめかみに手を当てて息をつくと、ダークはハハッと笑う。

ダークの表情は、どこか満足しているようなもので、昼間に見たときよりも気を許しているようにも見える。

「初めてのハーブティーは、オフィが淹れたので正解。すげえいい香りだ」

「――……！」

ダークはふわりと微笑んで、ハーブティーに口をつけた。言葉遣《ことばづか》いは乱暴なくせに、その所作はとても美しい。

「好きだな、オフィのハーブティー。また淹れてくれよ」

「……ありがとうございます。美味しいハーブティーはまだたくさんあるので、また淹れますね」

「楽しみだ」

オフィーリアの言葉に、ダークは笑みを深めた。よっぽどハーブティーが気に入ったようだ。

（それにしたって……）

今の笑顔は反則だと、オフィーリアは胸を押さえながら思う。社交辞令的な笑みではないそれに、どうにもドキドキしてしまった。

「オフィ？」

顔を赤くして黙《だま》ってしまったオフィーリアを見て、ダークは不思議そうにしている。それにハッとして、オフィーリアは「大丈夫です！」と声をあげる。

「あ！　ハーブティーを淹れる代わりに、また魔法の練習に付き合ってください」

「魔法の練習？　でも、オフィは下手だからなぁ……」

これ以上やっても無駄《むだ》なんじゃないか？　なんて、ダークはにやにやしている。

「お兄様、妹が可愛くないんですか」

ちょっとは協力してくださいと、ダークを睨みつける。すると、ダークが笑いを押し殺すように声に出して言った。

「わかったわかった。コップ一杯しか水を出せない魔法なんて、俺以外に上達させるのは無理だろうからな」

「うぐぅ……」

そんなことないと反論したいが、そんなことがありすぎる。教師やフェリクスに見てもらっても、ほとんど上達しなかったのだから……。

「お兄様に期待します」

「おお、任せろ。お前のお兄様は、なんでもできるからな」

「ふふ、約束ですよ？」

別に交換《こうかん》条件なんていらないけれど、この方が兄妹《きょうだい》っぽいかもしれない――なんて。最初は仲良くなれないかもと思っていた不安は、なくなってしまった。

団欒室でオフィーリアと別れたあと、ダークは風に当たるため裏庭へやってきた。思い返すのは、昼間に起こった不可解な出来事。

「俺が魔法のコントロールをミスるなんて、ありえないだろ……」

ダークは魔法を失敗したことがない。ゆえに、昼間の出来事が信じられなかったのだ。

チッと舌打ちし、ベンチに座る。

すると、どこからともなく闇夜の蝶がダークの周りに集まってきた。だからといって、闇夜の蝶がダークに何かすることはない。逆もしかり。

ただ自分の側《そば》を飛んでいるから、自由にさせているだけだ。

「こいつらの報告だと、オフィの胸にフリージアの巫女の印があるんだよな？」

『きゃきゃっ！　見タ！　学園で、フリージアのシルシがアッた！』

「にしても、魔法が下手くそな巫女……か」

湖での出来事を思い出して、まったく面白《おもしろ》い奴だと笑う。

まさかフリージアの巫女ともあろう人間が、魔法でコップ一杯しか水を出せないなんて誰が思うだろうか。

　思い出しただけで笑ってしまう。

　しかしそんな気分は、闇夜の蝶の言葉で一蹴《いっしゅう》されてしまった。

『巫女は殺さナイとキケン!!　早ク!!』

「……チッ、わかってるさ」

　闇夜の蝶の言葉に、イライラが込み上げる。

（オフィは、闇夜の蝶――この俺を滅《ほろ》ぼすことのできる唯一《ゆいいつ》の女……か）

「ああでも……ハーブティーは美味《うま》かったな」

　そんなダークの言葉が、闇夜に溶《と》けた。


　裏庭に面した廊下《ろうか》の窓で、オフィーリアは目を見開いた。口元に手を当て、目に映った光景が信じられないでいる。

「嘘……！」

　窓の外の裏庭には、ダークと闇夜の蝶の姿があった。

「まさか闇夜の蝶が屋敷にまで入ってくるなんて！　すぐにお兄様を助けなきゃ……!!」

　すぐにフェリクスを呼びに行こうとして――はたと気づく。

「闇夜の蝶が、攻撃していない……？」

一体どういうことだと、オフィーリアは目を細めてダークの様子をまじまじと見つめる。

（……闇夜の蝶と、会話している？）

いや、そんなまさか。

闇夜の蝶の言葉がわかるのは、闇属性の人間だけ。もし本当に会話をしているのならば、ダークもオフィーリアと同じく闇属性ということになる。

「あっ……」

あれこれ考えているうちに、闇夜の蝶はどこかへ行ってしまった。

「偶然《ぐうぜん》、闇夜の蝶が近くに現れただけ……？　それとも、お兄様はわたくしと同じ闇属性なのかしら……」

オフィーリアは、ぎゅっと自分の手を握りしめる。

かけつけて、ダークと話をしたい。けれど、闇属性であるということを隠《かく》している人はとても多い。オフィーリアもしかりだ。

ダークも、きっと知られることを嫌がるだろうとオフィーリアは思う。

「いつか、お兄様と話をすることができたらいいな」

願うようなオフィーリアの声が、静かな廊下に響《ひび》いた。

第三章　穏やかな日常の終止符

フィールズ王立学園では、新年のパーティーが開催《かいさい》される。

その際に、代表の生徒が歌を披露《ひろう》するという伝統があるのだが——フェリクスの推薦《すいせん》で、歌の苦手なオフィーリアが代表に選ばれてしまった。

冬休みが終われば、あっという間に新年のパーティーだ。


ルルーレイクの屋敷《やしき》、南向きの広い部屋からグランドピアノの美しい音色が響《ひび》く。その音色は風に乗り、庭園も包み込む。

優雅《ゆうが》に演奏しているのは、ダーク。そしてその伴奏《ばんそう》に合わせてうたっているのは、オフィーリアだ。

「ら〜らら〜〜ぁ♪」

「オフィ、二音ずれてる」

「……すみません」

ピアノの音が止まり、ダークからダメ出しを受ける。オフィーリアは項垂《うなだ》れつつも、

「もう一度お願いします」とダークを見る。

「んじゃ、最初からな」

「ら～♪」

「三音ずれた」

（わたくしオンチすぎない⁉）

もう歌が下手《へた》であるという羞恥心《しゅうちしん》は、ダメ出しをされすぎてどこかへ行ってしまった。ため息をつきたいのをぐっとこらえて、出だしの音を何度か確認《かくにん》する。

「らら～♪　……何か違《ちが》う気がするわ」

「今のとこは半音ずれてるな」

「…………」

本当に、どうして自分が代表になってしまったのだろうと頭を抱《かか》えたくなる。いや、フェリクスの推薦なので仕方がないのだが……。

そんな様子をソファからにこにこ見ているのは、フェリクスだ。

フェリクスは歌が上手《うま》いため、オフィーリアと合わせる練習をすればいい。けれど、オフィーリアの個人練習が難航しているためそこまで進んでいないのだ。

「それにしても、ダークはピアノも上手いんだな。プロみたいだ」

「それはどーも。まあ、俺はなんでもできるからな」

フェリクスの賛辞にドヤ顔で返し、ダークは笑う。

「にしても、殿下《でんか》……」

「うん？」

「よくオフィを代表に推薦したな。人前で披露できる歌声じゃないぞ？」

「ちょっと……！」

フェリクスとダークのやりとりに、オフィーリアが口をはさむ。そんなことは自分が一番わかっているので、改めて言わないでほしい。

しかしそんなダークの質問に、フェリクスは「そんなことないよ」と笑顔《えがお》を見せる。

「私はオフィの歌、大好きなんだ。聴《き》いていて元気が出るでしょ？」

「「………」」

フェリクスの発言に、オフィーリアとダークの二人が口を噤《つぐ》む。すると、ダークがオフィーリアにそっと耳打ちしてきた。

「殿下、ちょっと嗜好《しこう》が人とずれてるんじゃないか？」

「………」

ダークの質問に、オフィーリアは遠い目になる。

（わたくしの歌を好きって言ってくれるのなんて、家族かフェリクス様だけよ……）

つまり身内だからよく聴こえているのかもしれない。

「でも、今はそんなこと関係ないんです。新年パーティーの代表だということは、決定事項《こう》《じ》なんですから」

今ここでそんなことを言っていても仕方がない。ひたすら練習して、歌の上達を図《はか》るしかないのだ。

腹をくくるしかないので、練習を手伝ってくれとダークに頼《たの》む。おそらく、客観的に見られるダークの指導が一番いい。

オフィーリアの言葉に、ダークは「仕方ないな」と笑う。

「可愛《かわい》い妹の頼みじゃ、聞くしかないか」

「さすがお兄様！」

ありがとうございますと、オフィーリアは笑顔になる。

「どうしたの、二人とも。私に黙《だま》って内緒《ないしょ》の話？」

それは妬《や》けるなと、フェリクスが後ろからオフィーリアを抱《だ》きしめてきた。それを見て、ダークは「ひゅう」と口笛を吹《ふ》く。

「なんだ殿下、オフィを俺に取られるとでも思ったのか？　俺はこんなお子様に興味はないから、そんな心配はいらないぞ？」

「お兄様！」

失礼極《きわ》まりないダークに、オフィーリアは抱きしめられてドキドキするのも忘れてしまう。本当にもう、相手がフェリクスでなければ不敬で処罰《しょばつ》されていただろう。

しかしフェリクスは、いたって真面目《まじめ》な表情で言う。

「それはよかった。オフィはとても魅力的《みりょくてき》だからね」

「フェリクス様……っ！」

「はは、妹が愛されていて嬉《うれ》しいよ」

ダークは笑って、鍵盤《けんばん》を押す。ぽーんと心地《ここち》よい音が響き、「ほら」とオフィーリアを促《うなが》す。

「練習するんだろ？　とりあえず、そろそろ二人で合わせてみたらいいんじゃないか？」

「はい」

「そうだね」

ダークの言葉に頷《うなず》き、今度は二人でうたう。——が、オフィーリアのパートで何度もストップが入ってしまったのは……言うまでもないだろうか。

歌の練習が終わると、オフィーリアはフェリクスと二人で団欒室《だんらんしつ》へやってきた。

暖炉《だんろ》の前にあるソファへ並んで座り、一枚のブランケットをかけて……まさに幸せのひと時と言っていいだろう。

「やっぱりオフィの歌はいいね。聞いていると、気持ちが落ち着く」

「フェリクス様は、わたくしを過大評価しすぎです……」

「そんなことないよ。オフィの歌は心がこもっているし、一生懸命《いっしょうけんめい》うたう姿は可愛くてずっと見ていたいくらいだ」

つまり全部ひっくるめて、オフィーリアのことが大好きなのだ。

フェリクスの主張に、オフィーリアの頬《ほお》は赤くなる。ここまで言われたら、もっと頑張《がんば》ろうと思ってしまう。

「わたくしも、フェリクス様の歌が大好きです」

「オフィにそう言ってもらえると、嬉しいね。早く新年のパーティーで一緒《いっしょ》にうたいたいね」

「…………」

さすがに早く来てほしくはないけれど、オフィーリアはちょっとだけ新年のパーティーが楽しみになった。

（フェリクス様に褒《ほ》められたからって、我ながらちょろいわ……）

温かい蜂蜜《はちみつ》入りのミルクに口をつけ、ほっと一息。

（いけない、眠《ねむ》くなってきちゃった）

フェリクスの肩《かた》に寄りかかりながら、うとうとしてしまう。

それもこれも、すべてはダークのせいだ。

闇夜《やみよ》の蝶《ちょう》と一緒にいたため、ダークがいったい何者なのか気になって昨夜はほとんど眠れなかったのだ。

（会話しているようにも見えたけれど、遠目だったからはっきりはわからないわ）

もしかしたら、気のせいだったかもしれない。

けれど、もし本当に会話していて、ダークが闇属性だったとしたら？

（敵か味方かどうかもわからない……）

けれど、今のところ何かを仕掛《しか》けてくる気配もない。

（わたくしみたいに、単なる闇属性っていうだけならいいんだけど……）

しかしこれを偶然《ぐうぜん》だと判断するほど、オフィーリアの頭はハッピーではない。フェリクスに相談した方がいいのか……と考えるが、微妙《びみょう》だ。

ダークは闇属性であることを隠《かく》し、平穏《へいおん》に生きたいと望んでいるかもしれない。悪役令《れい》嬢《じょう》で、同じ闇属性のオフィーリアにはその気持ちはよくわかる。

（わたくしが闇属性ということだって、フェリクス様には伝えていないもの）

それなのに、自分より先に兄が闇属性だと告げるのは間違《まちが》っている気がするのだ。もちろん、何か事件が起きれば別だけれど。

「オフィ、危ない」

「え……？」

ふいに、フェリクスの声で思考がほどけた。見ると、手に持っていたコップが斜《なな》めになり、中身がこぼれそうになっていた。

「あ……ごめんなさい」

「眠そうだし、深刻な顔をしてる。悩《なや》み事《ごと》？」

優《やさ》しく問いかけてくれるフェリクスに、オフィーリアはゆっくりと首を振《ふ》る。

――まだ、フェリクスには言えない。

「いろいろなことがありすぎて、疲《つか》れてしまったのかもしれません。フェリクス様との帰省はとても緊張《きんちょう》しましたし、さらに帰ってみればお兄様ができていて……」

加えて、フリージアの巫女《みこ》のことや、新年パーティーの歌の件もあった。悩まないでいる方が無理というものだろう。

オフィーリアの言葉に、フェリクスはくすりと笑う。

「それなのに、オフィは弱音一つはかないね。疲れているなら、私の腕《うで》の中で眠ってもいいよ？」

そうすればオフィーリアはゆっくり休めるし、フェリクスはオフィーリアをずっと抱きしめていられるので、互《たが》いにいいことしかない。

「どう？」

フェリクスが満面の笑《え》みで腕を広げてきたが、オフィーリアは首を振って顔を背《そむ》ける。

さすがに、ここでそんなことはできない。

「屋敷には家族もいるんですよ？」

「残念」

しかしフェリクスは、言葉とは裏腹にちっとも残念そうではない。

その理由は、オフィーリアの耳が真《ま》っ赤《か》だからだ。そんな可愛い婚約者《こんやくしゃ》を見られただけで、満足してしまう。

が、同時に別の欲も顔を覗《のぞ》かせる。

「……なら、これはどうかな？」

「きゃっ」

そう言うと、フェリクスは膝《ひざ》にかけていたブランケットを二人の頭からかぶせてしまった。こうすれば、誰《だれ》からも見られることはない。

この狭《せま》い空間の中には、オフィーリアとフェリクスの二人だけだ。

「フェリクス様！」

眼前にフェリクスの顔があり、オフィーリアの耳にその吐息《といき》がかかる。思わず体を引くと、「駄目《だめ》だよ」と抱きしめられてしまった。

「オフィは、自分でいろいろ抱え込むよね。だから、今くらいは私に甘えてごらん？」

「……っ！」

誰も見ていないよと、低い声が囁《ささや》いてくる。

（あ、甘えると言われましても……!!）

オフィーリアは焦《あせ》り、どうにかして抜《ぬ》け出《だ》せないかと考えてしまう。けれど逃《に》げようと後ろに行こうとすると、抱きしめられてしまった。

「オフィが甘えないなら、私に甘えさせて。……オフィを抱きしめていると、疲れが全部ふっとんじゃう」

フェリクスがオフィーリアにすり寄って来て、頬をくすぐる。それがなんだか心地よくて、オフィーリアの顔に笑顔が戻《もど》る。

「うん。オフィは笑顔が一番可愛い」

「フェリクス様、そういうことを簡単に言わないでください……」

観念したオフィーリアは、フェリクスの肩口に顔をうずめて頬を膨《ふく》らませる。こんなに甘やかされたら、駄目人間になってしまうんじゃないだろうか。

「ねえ、オフィ」

「はい？」

「ブランケットで見えないから、キスしてもいい？」

「──っ！」

いたずらっ子のように問いかけてきたフェリクスに、オフィーリアは顔を真っ赤にする。

そういうことを、確認するように聞いてほしくない。

（恥《は》ずかしすぎるのに……っ！）

しかしフェリクスは、オフィーリアの反応が可愛すぎるので止《や》める気はない。むしろ、このままだともっとエスカレートしてしまいそうだ。

「沈黙《ちんもく》は肯定《こうてい》と取っていいの？」

どうやら、オフィーリアに答えを聞きたくて仕方がないようだ。オフィーリアはフェリクスの手を取り、ゆっくり顔を上げて──瞳《ひとみ》を閉じる。

これが、今のオフィーリアにできる精一杯《せいいっぱい》の返事だ。

「……早く結婚《けっこん》したいな」

そう言って、フェリクスはオフィーリアに優しくキスをした。


それから冬休みは平穏に過ぎていった。

あの夜以降、ダークが闇夜の蝶と一緒にいるところは目にしていない。やっぱり見間違いだったのかもしれない。

兄妹《きょうだい》仲は極めて良好。

魔法《まほう》が下手なオフィーリアを見て、小馬鹿にしてくるダーク。けれど最後にはちゃんとアドバイスしてくれるので、なんとも憎《にく》めない。

それから庭でバーベキューをしたり、何度か新年パーティーの歌の練習をしたり、買い物に行ったり……さらにまた魔法の練習を見てもらったり。

ダークはオフィーリアのことを妹としてとても可愛がってくれている。

「あああっ、やった、やったわ!!」

オフィーリアは歓喜《かんき》の声をあげて、こちらを見守っている保護者二人――フェリクスとダークに視線を向けた。

「すごいよ、オフィ」

「それくらいで喜ぶなっての……」

二人の反応は反対だ。

「もう、わたくしにとっては快挙なんです！」

何があったかというと、オフィーリアの目の前に置かれているバケツ。そこに、なみなみと水が張られている。何を隠そう、オフィーリアが水魔法を使った結果だ。

コップ一杯《ぱい》だったのがバケツ一杯になったのだ、喜ばずしてどうすればいいのか。

（これは魔法を見てくれたお兄様に、とびきり美味《おい》しいハーブティーを淹《い》れないといけないわね）

はしゃぐオフィーリアを見て、ダークはやれやれと肩をすくめる。なんとも平和だ。すると、隣《となり》にいたフェリクスが提案を口にした。

「魔法上達のお祝いにケーキを作ってもらおうか」

「わあ、嬉しいです！」

どうやらこれからティータイムになるようだ。

料理長に頼むからと、フェリクス直々《じきじき》に厨房《ちゅうぼう》へと向かってしまった。その様子を見ながら、なんとも隙《すき》だらけだとダークは思う。

（フリージアの巫女、か）

思い返すのは、ダークがここ――ルルーレイク領に来る前のこと。

闇夜の蝶たちから、『みんナ、アのフリージアの巫女ニ殺されタ、助《たす》ケて！』という言葉。しかしどうやら、オフィーリアにはまだそれだけの力はない。

（しかしだからって、俺たちを殺す力を持つ巫女を放っておくわけにもいかないんだよな）

――騎士《きし》気取りの婚約者も、今はいない。

「………………」

すると、闇夜の蝶が一匹《ぴき》ダークの下へやってきた。オフィーリアは水魔法に夢中で、こちらには気づいていない。

『プリンス、早く巫女ヲ倒《たお》して！』

「チッ」

命令するなと思いたいが、フリージアの巫女がいて困るのはダークも同じだ。

湖のときと同じように、ダークはオフィーリアに向かって魔法を放ち――しかしそれは、オフィーリアの横に強風を巻き起こし遠くの木の枝を切り裂《さ》いた。

「――っ⁉」

（二度も、俺の魔法が外れた……？）

オフィーリアは、ダークが魔法を使ったことにも気づいていない。ただ強風が吹いたと、のんきにしているだけだ。

『早ク、早く巫女を殺しテ！』

きゃっきゃ言う闇夜の蝶を手で払《はら》い、ダークは舌打ちする。そして一睨《ひとにら》みすると、闇夜の蝶は体をすくませてどこかへ飛んで行った。

「クソッ」

思い通りにいかないことに、ダークはいら立ちを募《つの》らせた。


「オフィ、早く来い」

「お兄様の歩くスピードが速すぎるんです……っ！」

オフィーリアは息を切らしながら、前を行くダークを小走りで追う。隣には、フェリクスも一緒だ。

「夕食の買い出しをするって言ったのはオフィだろ。にしても、貴族の令嬢が飯なんて作れんのか？」

呆《あき》れたようなダークの言葉に、オフィーリア——ではなく、フェリクスが「もちろん」と返事をした。

「オフィは料理上手《じょうず》だよ。ダークも食べたら驚《おどろ》くと思う」

「へぇ？」

「フェリクス様、ハードルを上げないでください！」

自信満々に告げるフェリクスに、ダークはにやりと笑う。

「それはさぞ美味《うま》い料理が出てくるんだろうな」

「……っ！」

意地悪な兄の言葉に、オフィーリアは頭を抱えたくなった。

（いったいどんな料理を作れっていうのよ！）

これではフルコースでも用意しなければ、自由で俺様なダークからブーイングが出るに決まっている。


話している通り、今日の夕食はオフィーリアが作ることになっている。

ことの発端《ほったん》は、祝！　バケツ一杯の水魔法！　の後のティータイム。ケーキを食べながら、料理の話に発展したことだ。

その際、フェリクスがオフィーリアの手料理を食べたいと言ったのだ。オフィーリアも、また喜んでくれるならと、快諾《かいだく》した。

ここまではよかった。

一緒にいたダークにも食べたいと言われてしまって、今にいたる――というわけだ。

「あ、あそこの野菜が新鮮《しんせん》そうだよ」

隣にいたフェリクスが、青果店を見つけて歩き出す。普段《ふだん》は街で買い物することがないため、楽しいのだろう。

(フェリクス様が一番楽しんでいる気がするわ)

それを見たダークが、「あっちの野菜の方がよくねぇか?」とフェリクスを追う。

「もう、二人とも——あら?」

フェリクスとダークが野菜に気を取られているうちに、オフィーリアもハーブを売っているお店を見つけた。品揃《しなぞろ》えもよく、品質も申し分ない。

「このハーブは初めて見るわね」

可愛らしいピンク色のハーブで、『ラズベリーレイク』と書かれている。

オフィーリアがまじまじと見つめていると、店員が説明してくれた。

「このハーブは、品種改良したものなんです。ルルーレイクの湖の側《そば》で育てられたものなので、レイクと名前がついているんですよ」

味見をどうぞと、ハーブティーを淹れてくれる。

ラズベリーの甘い香りがとても華《はな》やかだ。色合いも薄《うす》ピンクと、目でも楽しむことができる。

「わ、美味しい……! これをいただくわ」

「ありがとうございます」

オフィーリアがハーブティーを購入《こうにゅう》していると、「何してるんだ？」とダークがやってきた。フェリクスは、まだ野菜を見ているようだ。

「美味しいハーブを購入したんです。お兄様に、とびきりのハーブティーを淹れる約束をしたでしょう？」

「へえ、俺のために買ってくれたのか」

ダークはにやにやしながら、オフィーリアの肩に腕を回した。からかうような言い回しの割に、声は嬉しそうだ。

「オフィ、ダーク、何してるの」

「あ、フェリクス様……って、野菜をたくさん買いましたね」

「仕方ない、オフィの料理が楽しみすぎるんだ」

紙袋《かみぶくろ》いっぱいに野菜を詰《つ》め込《こ》んだその姿に、オフィーリアはくすりと笑う。どうやら、買い物はかなり楽しかったようだ。

「品種改良されたハーブが売っていたので、買っていたんです」

「ああ、そんなハーブがあったのか」

それはいいねと、フェリクスが微笑《ほほえ》む。

「はい！　淹れるのが今から楽しみです。あとは――お肉を買って終わり、ですね」

「『あそこにいい感じの精肉店がある』」

オフィーリアが残りの食材を告げると、フェリクスとダークの二人の声が重なった。しかし、その指は別々の方向を指している。

「私の方が美味しい肉を見つけられる」

「俺の目利《めき》きを舐《な》めてもらっちゃ困るな」

何やら二人の間に火花が飛んでいるような、いないような。それぞれ自分がいいと思った精肉店まで走って行ってしまった。

「二人とも、わたくしを置いていかないでっ」

オフィーリアが苦笑《くしょう》しつつ追いかけようとすると、「おお、上玉じゃねえか！」と下品な声に呼び止められた。

「…………」

こういう類《たぐ》いは無視するのが一番。そう思ってオフィーリアが気にせず歩き出すと、あろうことか男はオフィーリアの前に立《た》ち塞《ふさ》がってきた。

(えぇっ⁉)

「無視は酷《ひど》いんじゃないか？」

「……っ」

(どうしよう)

まさかそんな強硬《きょうこう》手段に出られるとは思わず、オフィーリアは焦って一歩後ずさる。

フェリクスたちは精肉店に向かってしまい、ここにはいない。

体が横に大きく、ある意味で存在感のある男。にやりと下品に笑ってオフィーリアを見る目に、ゾッとする。

男の手がのびてきて、嫌《いや》だ――そう思った瞬間《しゅんかん》、二人の低い声が重なった。


「私の婚約者に何か？」

「俺様の妹に声かけるたぁ、いい度胸じゃねーか」


フェリクスに抱き寄せられて、オフィーリアはその背に隠される。

そして同時に、ダークがナンパしてきた男を軽くいなし、のしてしまった。しかもその上、男の背中を踏《ふ》んでいる。

ほっとしたのも束《つか》の間《ま》で、やりすぎのダークにオフィーリアは青くなる。

「あ、あわわわ……っ」

「もう大丈夫《だいじょうぶ》だよ、オフィ。一人にしてしまってごめん」

「いえ、わたくしは大丈夫なのですが……」

男の人が大変なのでは？　そう思ってダークの方を見ると、兵を呼び、男を連れて行くところだった。

（対応が早い……）

適当にしばいて放置かと思っていたため、オフィーリアは驚く。これなら、同じような被害《ひがい》に遭《あ》う人が出ないだろう。

俺様で自分のことしか考えていないと思っていたため、ちょっぴりダークのことを見直した。

兵士に男を引《ひ》き渡《わた》したダークが、こちらに戻ってきた。

「ったく、しらけちまったぜ」

「オフィは可愛いから、一人で街にいたら危険だな」

「んん～、まあ、容姿は整ってるもんな」

「…………」

（容姿は……って）

まるで中身が伴《ともな》っていないような発言は止めてほしい。義理の兄妹になったばかりだというのに、本当にこの兄は容赦《ようしゃ》ない。

（でも、変にかしこまられるよりはいいかしら）

すると、フェリクスがオフィーリアの手を取り「行こうか」と歩きだす。これなら、もう変な男に声をかけられることもない。

それを見たダークが、ニヤニヤしながらこちらを見てきた。

「お兄様も繋《つな》いでやろうか？」

そう言って、オフィーリアのフェリクスとは反対側にダークが立った。しかし、オフィーリアが何かを言う前に――

「駄目だ」

フェリクスがダークに返事をした。赤い瞳が、ダークにまっすぐ向けられている。

「オフィは私の婚約者だからね」

「！」

フェリクスの言葉に、オフィーリアは頬を染める。

改めてはっきり宣言されると、どうにも恥ずかしいものがある。もちろん嬉しいのだけれど。

「――……」

フェリクスの言葉に、ダークがふっと笑う。

「目が笑ってないぞ、殿下？」

「私はオフィのことになると心が狭いんだ」

――君も覚えておいて、と。

そう言うかのように、フェリクスが笑う。

「ああ」

自国の王太子殿下はなかなか食えない男だと、ダークは考えを改める。優しいだけかと思っていたが、なかなかいい目をしている。

ダークは繋ぎ損《そこ》ねた手をポケットに突《つ》っ込《こ》み、歩き出した。


屋敷に帰宅した後、オフィーリアは料理長に手伝ってもらいながら家族も含《ふく》め全員分の夕食を用意した。

どちらかというと、オフィーリアが手伝った、と言った方がいいかもしれないが……。

（でも、サラダはわたくしが一人で作ったもの！）

そこだけは胸を張って「食べて」ということができる。

数種類の葉野菜と、ニンジンやブロッコリーなどの温野菜。そこに大豆やひよこ豆を加えて、カリカリに焼いたベーコンとゆで卵をトッピング。

ドレッシングは教えてもらいながら、ハーブを使って作ってみた。

「かなりいい出来よね！」

味はもちろんだが、見栄《みば》えもいい。

家族全員が食卓《しょくたく》に揃い、手を合わせ食事が始まった。

席順は、グレゴール、カナリア、ダーク、向かいにフェリクス、オフィーリアというかたちだ。

「いただきます」

最初に、オフィーリアがサラダを勧《すす》める。これは力作なので、ぜひぜひ真っ先に食べてほしい。

「野菜は先に食べるのがいいと言いますし、サラダからどうぞ！」

「うん、美味しいね」

「悪くはねーんじゃん？」

フェリクスとダーク、二人ともが気に入ってくれたようだ。

「まさかオフィの手料理を食べられる日が来るなんて……。娘《むすめ》の成長とは、こんなにも早いものなのか……」

「んん～、美味しい！　さすがは私の娘、料理も上手ね！」

父のグレゴールは感動に震《ふる》え、母のカナリアは手放しで褒めてくれた。二人とも、オフィーリアの手料理を食べるのは初めてだ。

「学園にいるとき、カリンに教えてもらいながら特訓したんです。とはいえ、今日はほとんど料理長に手伝ってもらったんですけど……」

あまりにも褒められすぎて、胸を張って自分の手料理だと言いづらくなってしまう。オフィーリアが苦笑すると、グレゴールは「そんなことはない」と否定する。

「私たちのことを想《おも》って厨房に立ってくれたこと自体が嬉しいんだ。ありがとう、オフィ」

「お父様……。喜んでいただけて、嬉しいです」

その後、グレゴールが昔カナリアに作ってもらった料理の話をし始め、食事の席は会話が弾《はず》んだ。

オフィーリアはといえば、斜め向かいに座っているダークをチラ見する。

なんだかんだで、オフィーリアのことを構ってくれるし、今日はナンパ男から守ってくれた。

（お兄様は、いったい何者なのかしら）

俺様でどうしようもないところもあるけれど、これからはもっと歩み寄っていこう。オフィーリアはそう思った。

オフィーリアがフェリクスと歌の練習に精を出していたら、馬車の到着《とうちゃく》する音が響き、リアム、エルヴィン、クラウスの三人がやってきた。

「ええっ!? どうして三人が!?」

窓から顔を出して驚くオフィーリアに、馬車から降りた三人が手を振ってきた。

「私が呼んだんだ」

「フェリクス様が？」

「事前に話していなくてごめん。公爵《こうしゃく》には伝えてあるんだ」

想定していなかったことに、オフィーリアは目を瞬《しばたた》かせる。もしかして、何かあったのだろうか？ と。

「先日、従者が届けてくれた手紙はクラウスからのものでね。闇夜の蝶の動きが活発だという内容だったんだ」

「あ、お兄様が知らせてくれたときですね」

オフィーリアとフェリクスが湖にいた際に、従者が手紙を届けに来たとダークが伝えにきてくれたことがあった。

どうやら、そのときの手紙の内容に関係しているようだ。

闇夜の蝶は元々活発ではあったが、ここ最近でさらに拍車《はくしゃ》がかかっているらしい。

「オフィは魔法や歌の練習もあったから、変に不安になるような情報を伝えるのはよくないと判断したんだ」

本当はすぐに知らせたかったのだが、オフィーリアは疲れていたため、フェリクスが気を使ってくれたようだ。

「そうだったのですね。……確かに、いっぱいいっぱいだったかもしれません」

これでは駄目ねと、オフィーリアは苦笑する。

（フェリクス様がいつでも気兼《きが》ねなく相談できるくらい、強くならなきゃ）

将来、王妃《おうひ》として隣に立つにはそれくらいできなくては。

幸せな悪役令嬢でありつつ、頼《たよ》れる王妃になる。オフィーリアの目標は、どんどん大きくなっていく。


オフィーリアとフェリクスは、リアム、エルヴィン、クラウスを出迎《でむか》えるため玄関《げんかん》ホールへやってきた。

三人の荷物は、すでに使用人たちがそれぞれのゲストルームへ運び始めている。どうやら、準備はつつがなく進んでいたようだ。

「リアム様、エルヴィン様、クラウス様、ようこそいらっしゃいました」

オフィーリアが淑女《しゅくじょ》の礼をすると、三人は微笑んだ。

「ここは自然が多くていい領地だ」

「しっかし、王都と比べたら店が少ないな」

「オフィ、変わりはないか？」

クラウスの変わりはないかという問いには、フェリクスが「問題ない」と答えた。どうやら、闇夜の蝶の出現のことを言っているようだ。

「それは何よりです。闇夜の蝶ですが、ここ最近の報告だと特に地方で増えてきている上に、上位種の目撃《もくげき》例も多く……。早急《さっきゅう》に原因の追及と対策が必要です」

「ああ。今回は、その話し合いをするためにお前たちを呼んだんだ」

フェリクスの言葉に、オフィーリアと三人の表情が真剣《しんけん》なものになる。

「すぐに話し合いを……と言いたいところだが、まずは公爵に挨拶《あいさつ》だな」

「そうですね。公爵と夫人にお会いするのは、久しぶりです」

何度か夜会で顔をあわせる機会があったのだと、クラウスが懐《なつ》かしそうに目を細めた。


グレゴール、カナリア、ダークとの挨拶は、応接室で行われた。

「よくいらっしゃいました。当主のグレゴールです。どうぞゆっくり滞在《たいざい》なさってください、歓迎《かんげい》します」

「「ありがとうございます」」

クラウスはグレゴールとカナリアの二人とは顔見知りなので、和《なご》やかに挨拶を交《か》わす。

リアムとエルヴィンは初めてだ。

「冬期休暇《きゅうか》の間、世話になります」

「エルヴィン・クレスウェルです。どうぞよろしくお願いいたします」

リアムとエルヴィンも挨拶し、グレゴールと握手《あくしゅ》を交わす。その後、ダークが出て来て二人に挨拶した。

「ダーク・ルルーレイクだ。公爵とは養子縁組《えんぐみ》をしてもらったばかりで、まだ社交界に出たことがないんだ。そのときは、どうぞよろしく」

ダークの言葉に、三人は頷く。

「こちらこそ、いい関係を築けると嬉しいよ」

「よろしく」

「お会いできて嬉しいです」

クラウス、リアム、エルヴィンがダークに返事をして握手を交わした。


グレゴールたちとの挨拶が終わったあと、リアムたち三人にはくつろいでもらい、旅の疲れをとってもらうことにした。

その間、オフィーリアは自室でフェリクスと話をしていた。


フェリクスがあの三人を呼んだということは、おそらく闇夜の蝶の状況《じょうきょう》はオフィーリアが思っているよりも深刻になっているのだろう。

（本当は冬休みが終わってから伝えることになっていたけど……）

もう、そんな悠長《ゆうちょう》なことを言っている場合ではない。

――フリージアの巫女であることを、公表しなければならないということ。

（突然《とつぜん》すぎて緊張はするけど、無事に聖属性魔法も使えることがわかったもの）

まだまだ弱く、回数も多く使えるわけではないが……今までのように、ただ守られているだけのオフィーリアではない。

「フェリクス様、わたくしは大丈夫ですよ」

「オフィにはお見通し、か」

フェリクスが苦笑したので、オフィーリアは「はい」と微笑む。

「さすがに、わたくしも自分の力の重要性くらいわかっていますから」

「……ありがとう。まずは三人に――いや、ご両親にも一緒に、フリージアの巫女の印のことを説明し、今後の計画を立てよう」

「はい！」

闇夜の蝶と戦わなければ、ルルーレイク領も大きな被害が出てしまうだろう。そんなこと、オフィーリアは許せない。

（わたくしは家族も、領民も、みんな大切だもの）

絶対、闇夜の蝶に好き勝手させはしない。


オフィーリアとフェリクスは、リアム、エルヴィン、クラウスが待つ応接室へ行き、そこにグレゴール、カナリア、ダークの三人も呼んで、これまでのことを説明した。

オフィーリアにフリージアの巫女の印が現れ、聖属性魔法を使えること。そして、オフィーリアが闇夜の蝶を倒すため一緒に戦うということ。

全員、静かにオフィーリアの話を聞いてくれた。

話を聞いてしばらくは、誰も言葉を出せなかった。その中で、最初に口を開いたのはグレゴールだ。

「オフィがフリージアの巫女に……まさか、自分の娘が……」

グレゴールは目を見開いてとてつもなく驚き、カナリアは満面の笑みを浮《う》かべている。

「さすがオフィだわ！　ダークも優秀《ゆうしゅう》だし、我が家は安泰《あんたい》ね」

「妹がフリージアの巫女とは、鼻が高いな」

ダークは「おめでとう」とオフィーリアに祝福の言葉を贈《おく》ってくれた。

しかし、父親のグレゴールとしては、心配事もある。視線をオフィーリアからフェリクスに向けた。

「今後のことは今聞いた通りなのでしょうが、殿下は本当にオフィに戦えとおっしゃるつもりですか？」

オフィーリアは大切に育ててきた娘で、今まで戦いの場に出したこともない。そんな危険なこと、親としてさせたくないと思うのは当然だろう。

けれど――貴族として、フリージアの巫女となったら戦わなければならないこともグレゴールは理解している。

しかしその問いに答えたのは、フェリクスではなかった。

「わたくしは未熟で、まだ魔法も上手く使えないけれど……みんなと一緒に、この国を守りたいの」

「オフィ！」

「……わたくしも、最初はとても驚きました。自分の胸元《むなもと》に、フリージアの巫女の印があったのですから」

今でも、昨日のことのように思い出すことができる。

「女神《めがみ》フリージアのお導きであれば、わたくしはその責務を全うしたいと思います」

「……オフィの決意は、固《かた》いのだな」

「はい」

オフィーリアが頷くと、次にリアムが口を開いた。

「――驚いた。まさか、オフィがフリージアの巫女になるなんて。巫女の生《お》い立《た》ちや歴史、魔法のことは私が教えられることもあるだろう」

「リアム様が一緒なら、この力も自在に扱《あつか》うことができますね」

家名にフリージアの名を持つリアムは、高い位にいる神官で、神の御子《みこ》とも呼ばれている存在だ。

フリージアの巫女となった今、彼が味方でこれほど心強いことはない。

「なら、お前の進む道を切り開くのは俺に任せろ」

「エルヴィン様の剣《けん》があれば、どこへでも行くことができますね」

騎士の家系ということもあって、エルヴィンは高い戦闘《せんとう》センスを持っている。これから先、闇夜の蝶との戦いにおいてはかなり心強いだろう。

「国のことを想うオフィこそ、フリージアの巫女に相応《ふさわ》しい。必ず守るから、安心してほしい」

「ありがとうございます。クラウス様の知識があれば、どんな不可解なこともきっと解決することができるわ」

クラウスは宰相《さいしょう》の令息で、次期宰相と言われている。その優秀な頭脳を使い、ゲーム中も様々なアドバイスをしてくれた。

次に、フェリクスがオフィーリアを見て優しく微笑み、グレゴールへ視線を向ける。

「私が全身全霊《ぜんしんぜんれい》をもって、オフィーリアのことを守ります。どうか、託《たく》していただけませんか？」

「もちろん、私も全力で彼女を守ろう」

「フェリクス殿下、リアム様……」

国を代表する二人の言葉に、グレゴールは肩の力を抜く。ここまで言われては、信じて送りださないわけにはいかないだろう。

「娘をどうぞお願いします。オフィ、無茶だけはしないようにするんだぞ」

「はい！　ありがとうございます、お父様」

こうして、オフィーリアがフリージアの巫女になったということが伝えられた。使用人には、国からの公表後、追って伝えることとして落ち着いた。

次に、闇夜の蝶についての話し合いが行われる。

メンバーは、オフィーリア、フェリクス、リアム、エルヴィン、クラウスの五人。話の中心にいるのは、情報などを整理しているまとめ役のクラウスだ。

「全員それとなく把握《はあく》してはいるだろうが、闇夜の蝶が増えている。特に地方で上位種の報告が上がっているので、そちらの方が深刻だ」

それもあり、王都を離れ深刻な地方へとやってきたのだ。

「フェリクス殿下がルルーレイクにいたことは、言い方は悪いかもしれないが、タイミングがいい」

できれば原因を突き止めて、闇夜の蝶が発生しないようにしたいとクラウスが話す。また、戦力を集めて上位種をどうにかしなければならないとも。

ここでいう地方には、クラウスが話す通り、今いるルルーレイク領も含まれている。

クラウスの説明に、オフィーリアは息を呑《の》んだ。このままでは、地方からどんどん闇夜の蝶の被害が広がってしまうだろう。

下手をすれば、小さな村なんてあっという間に滅《ほろ》ぼされてしまう。

——闇夜の蝶は、この世界を滅ぼそうとしている。

ゲームの序盤《じょばん》、通常の闇夜の蝶はそこまでの脅威《きょうい》ではない。簡単にいえば、レベルの低いモンスターの立ち位置。

しかしゲームよろしく、モンスターはどんどん強くなっていく。そこで出てくるのが、闇夜の蝶の上位種だ。

さらに、物語はそう簡単に進まないのだ。

ラストでは、とても強大な闇夜の蝶が登場する。いわゆる、ボスモンスターだ。

倒せばエンディングになるのだが——その闇夜の蝶は、世界を飲み込むほどに大きくなっている。


自分に倒すことができるだろうかと、オフィーリアは不安になる。

「闇夜の蝶が狙《ねら》うのは、女神フリージア——つまり、フリージアの巫女という通説がある。今後、オフィは今まで以上に狙われる危険が増えるだろう」

リアムの言葉に、全員が拳《こぶし》を握《にぎ》りしめる。闇夜の蝶に狙われることが、どれほど危険か理解しているからだ。

オフィーリアはフェリクス、リアム、エルヴィン、クラウスの顔を順番に見て、笑顔を作った。

「……もちろん、覚悟《かくご》の上です。それに、フェリクス様たちが守ってくださると信じていますから」

「ああ、必ず守る」

「はい。……あ、ちゃんとサポートや攻撃《こうげき》もしますよ？」

「それは百人力だ」

オフィーリアの言葉に、フェリクスは微笑む。

闇夜の蝶に打ち勝ち、幸せなハッピーエンドを迎える。それが、悪役令嬢として転生したオフィーリアの願いだ。


朝、オフィーリアが食堂へ行くと、フェリクスたち全員が揃っていた。

「おはようございます」

「「「おはよう」」」

挨拶をして席に着くと、エルヴィンから声をかけられた。

「ねえ、オフィ。今日の魔法の練習は休みにして、闇夜の蝶の調査もかねて街へ行かないか？」

「調査、ですか」

突然の誘《さそ》いに、オフィーリアは目を瞬かせる。

エルヴィンの言葉に、フェリクスも頷く。

「闇夜の蝶がいないか確認するのは大切だ。街なら、見かけたりしなかったか聞き込みをすることもできるからね」

「なるほど……」

確かにそれは大切だと、オフィーリアも頷いた。

次に、クラウスが手を上げた。

「見回りのついでといってはあれだが、もし品揃えのいい書店などがあれば寄りたい。闇夜の蝶に関する古い文献《ぶんけん》など、掘《ほ》り出《だ》し物《もの》があるかもしれない」

はっきり言って、今の闇夜の蝶の発生の仕方は異常だ。少しでも手掛《てが》かりがあるならと、藁《わら》にも縋《すが》る思いなのだろう。

「それなら、いい書店があるわ！」

「なら、そこに行こう」

ということで、今日の予定が決定した。

新しいロングワンピースのドレスに袖《そで》を通し、オフィーリアはフェリクス、リアム、エルヴィン、クラウスと一緒に街へやってきた。

街の人たちに闇夜の蝶の目撃情報を聞きながら歩いていると、書店に到着した。

路地裏にあるこぢんまりとした書店で、なかなかの穴場なのだ。


中に入ると紙とインクの匂《にお》いがして、どこか落ち着く雰囲気《ふんいき》をかもしている。

「へえ……確かに、なかなか興味深い本が揃っているな」

闇夜の蝶関連の文献をと思ってきてみたのだが、クラウスが個人的に興味を持てる本もたくさんある。

クラウスが楽しそうに本棚《ほんだな》を見ているので、オフィーリアは「そうでしょう！」と胸を張る。

「ここは、わたくしも小さな頃《ころ》から来ている書店なのよ。店主のおじいちゃんが選び抜いた本を置いていて、どれも面白《おもしろ》いの」

思い出すのは、幼い日のこと。

オフィーリアは、ここの書店で購入した本をたくさん読んで育った。領地が大好きで、優秀に育ったのもこういった書店や街に住む人たちの温かさあってだろう。

「そうか。こういった環境《かんきょう》が近くにあるというのは、いいな」

「ええ。クラウス様も、気に入る本が見つかるといいわね」

「ああ」

クラウスが真剣に本を選び始めたので、オフィーリアは店内を見回してみる。

フェリクスも興味深い本を見つけたのか、奥の方で選んでいる。入り口付近にはリアムがいるが、エルヴィンの姿はどこにも見えない。

どうやら、書店の外で待っているようだ。

オフィーリアも外へ出て、町並みを眺《なが》めているエルヴィンへ声をかける。

「本、見ないんですか？」

「ん～、俺には教科書だけで十分かな。本が得意なクラウスに任せる」

はっきり言い切ったエルヴィンに、オフィーリアは笑う。ここまで言い切られればいっそ清々《すがすが》しくて、好感が持てる。

オフィーリアが隣へ行くと、エルヴィンが嬉しそうに目を細めた。

「ここにいると、二人だけでデートしてるみたいだな」

「――！　エルヴィン様、わたくしはフェリクス様の婚約者です。たとえ冗談《じょうだん》でも、そんなことは――」

「でも、オフィは俺を夫にしても許される」

エルヴィンの人差し指がオフィーリアの唇《くちびる》に触《ふ》れて、「そうだろ？」と真剣な瞳で見つ

められてしまう。

冗談ではなく、本気。

オフィーリアはなんと言えばいいかわからず、顔を背ける。けれど、フェリクス以外と結婚するつもりはないので、エルヴィンの気持ちには応《こた》えられない。

「エルヴィン様、わたくしは……」

「あー、それより先は言わないでくれ。せめて結婚するまでの間くらいは、俺たちだって希望くらい持っていてもいいだろう？」

「………」

エルヴィンの言葉に、オフィーリアは口を噤む。

（俺たち……っていうことは、リアム様とクラウス様も？）

なんて返事をしたらいいのだろうか。

自分はフェリクスが好きだからと言っても、あきらめてはくれないだろう。オフィーリアが困惑《こんわく》していると、エルヴィンに顔を覗き込まれた。

「ごめんな。別に悩ませたいわけじゃないんだけど……オフィが俺のことを考えてくれてるってわかると、嬉しい」

「――！」

オフィーリアは、エルヴィンの言葉に目を見開いた。だって今の言葉は、ゲームのシナリオで聞いたことがあったからだ。

この台詞《せりふ》は、好感度が高くなければ聞くことはできない。さらに言うと、エルヴィンルートに入ることができるほど高い状態だ。

つまりエルヴィンは、本気でオフィーリアのことが好きということ。

エルヴィンは伯爵《はくしゃく》家の三男ということもあって、人に認められることに飢《う》えている一面がある。

エルヴィン本人を見てあげることで心を開いてもらい、好感度を上げていくのだ。

「サンキュ。ちょっとジュースでも買ってくる」

ゲームのエルヴィンのデートイベントと同じ言葉で、エルヴィンはウインクして走っていってしまった。


一人になってしまった……そう思っていたら、「一人で何やってるんだ？」と声をかけられた。

またナンパか⁉　と警戒《けいかい》したが、そこにいたのはダークだった。

「お兄様！　どうしてここに？」

「別に、街にくらい普通《ふつう》にくるだろ。オフィこそ、一人でいたらまた変な奴《やつ》にナンパされるぞ？　殿下はどうしたんだ」

「そこの書店にいますよ」

今はエルヴィンと一緒にいたので、一人ではなかったのだとダークに伝える。すると、ダークが「書店？」と店を見た。

「そういやオフィは本が好きだって、グレゴール様が言ってたな」

「書斎《しょさい》にある本のうち、半分以上はわたくしの本なんですよ」

「そんなにか」

自分の部屋の本棚だけでは足りなくなってしまったので、父の書斎へ置かせてもらっているのだ。グレゴールはあまり読書をしないので、かなり好きにさせてもらっている。

「はい。お兄様も、よかったら今度読んでみてください」

「そうだな、お勧めを教えてくれ」

「はいっ！」

ダークは読書が嫌《きら》いではないようだ。

（ぜひルルーレイク領の生態に関する本も読んでほしいわ！）

あれもこれもと、お勧めしたい本が浮かんでくる。ダークがすべて読み終わるのに、数ケ月……いや、数年かかってしまうかもしれない。

わくわくしているオフィーリアを見て、ダークが「お手柔《やわ》らかに」と笑った。

ふいに、オフィーリアの耳に『人間なんテ、滅んジャえ！』と言う声が届く。

「何……っ⁉」

ドクンと心臓が嫌な音を立てて、オフィーリアは周囲に視線を巡《めぐ》らせる。これは、闇属性の人間だけが聞くことのできる闇夜の蝶の声だ。

ほかの人には、『きゃきゃっ！』としか聞こえていない。

オフィーリアとダークの視界に飛び込んできたのは、小さな子どもに魔法で襲《おそ》いかかっている闇夜の蝶だった。

周囲では大人たちが闇夜の蝶から子どもを助けようとしているが、もやが充満《じゅうまん》しているため思うように近づけないようだ。

「いけない！」

すぐに助けなければと、オフィーリアは後先を考えずに駆《か》けだす。

そこはオフィーリアたちのいる路地裏の書店から、広い通りに出るちょっと手前。かなり目立つ場所で、人々の悲鳴も耳に届く。

（街の人は、闇夜の蝶と戦う力なんて持たないもの！）

子どもがいるところまで、だいたい百メートルちょっと、というところだろうか。

「オフィ、待て！」

オフィーリアのあとをダークが追いかけて来て、声を荒《あら》らげた。確かにオフィーリアには実戦の経験もないので、一人で突っ走るのは正解ではない。

（だけど、考えるより先に体が動いていたんだもの！）

ルルーレイク領の、いや――誰かを助けるために、いちいち考えを巡らせていられるほど余裕《よゆう》はない。

ダークが行ってしまったオフィーリアを見ていると、ふいに一匹の闇夜の蝶が近くまでやってきた。

それを見て、舌打ちしつつ小声で指示を出す。

「……フェリクスたちを、足止めしておけ」

そう言い、ダークはどうやって子どもを助けるのだろうかと、オフィーリアに視線を向けた。


子どもの近くまでやってくると、ほかにも数匹の闇夜の蝶がいるということに気づく。

街の兵士たちも戦っていて、助ける余裕がないようだ。

（街中なのに、こんなに闇夜の蝶が……！）

『きゃきゃっ！』

「わああぁんっ！　助けて、助けてぇぇぇ」

「今行くから、待ってて！」

オフィーリアが駆けつけて声をかけるが、子どもは闇夜の蝶に魔法で攻撃されているため、こちらに気づいてはくれない。

さらに闇夜の蝶のもやが子どもを囲っているため、動くこともままならないようだ。たとえ気づいたとしても、すぐに闇夜の蝶から逃げ出すことは難かしそうだ。

「やめなさい!!」

オフィーリアは闇夜の蝶に向かって叫《さけ》び、手で追《お》い払おうとする。しかし、その程度でどこかへ行く闇夜の蝶ではない。

（今のわたくしには、闇夜の蝶を倒すほどの力はない……！）

――だけどせめて、この子は助けたい。

オフィーリアがそう思った瞬間、胸に熱いものが込み上げてきた。まるで力が溢《あふ》れてくるかのような、そんな感覚。

自分を巡る聖属性の魔力《まりょく》に、気づく。

今なら、守ることができるかもしれない。

「闇夜の蝶から守る力を、わたくしに――【盾《たて》の祈《いの》り】！」

オフィーリアが祈り、魔法を使うと、一瞬《いっしゅん》体が淡《あわ》く光った。【盾の祈り】が上手く発動し、防御力《ぼうぎょりょく》が上がったのだろう。

「わたくし、新しく魔法を使えた……！」

しかし喜んでいる場合ではない。

オフィーリアは無理やり闇夜の蝶の攻撃をかいくぐって、子どもを抱き上げるとそのままダッシュで駆けだした。

闇夜の蝶の攻撃は痛いけれど、防御魔法のおかげで耐《た》えられないほどではない。

「お、お姉ちゃん……！」

「いい子ね。大丈夫よ、すぐに助けがくるわ」

闇夜の蝶が攻撃しなくなったので、子どもに少し余裕が生まれたようだ。ほっとした表情で、オフィーリアを見た。

――しかし、そう上手くはいかなかった。


『フリージアの、巫女!!』


闇夜の蝶が、オフィーリアを見て叫んだ。聖属性魔法を使ってしまったため、フリージアの巫女だということを把握されている。

しかも、闇夜の蝶は魔法で攻撃をしかけてきた。

「やば……っ！」

「お姉ちゃん……っ!!」

子どもを抱えていることもあり、避《さ》けることができない。

そう判断したオフィーリアは、子どもをぎゅっと抱きしめ、攻撃の衝撃《しょうげき》に備えるためきつく目を閉じる。

しかしまったく衝撃がこない。いったいどういうことだ。

（……？）

そろりと目を開けると、目の前にダークがいた。

「ったく、俺の妹は無茶がすぎる」

「お兄様!!」

闇夜の蝶の攻撃から、ダークが守ってくれたようだ。

「お前は自分が魔法下手ってことをもう少し自覚しろ」

「は、はい……」

ダークは叱《しか》りながらも、闇夜の蝶を魔法で追い払う。

「ありがとうございますお兄様、助かりました」

オフィーリアがほっと胸を撫《な》で下したのも束の間で、今度は闇夜の蝶の『巫女は絶対ニ殺す！』という声が聞こえてきた。

見ると、こちらに向かって闇夜の蝶が飛んできているところだった。攻撃魔法が発動する間近だ。

考えるよりも先に、体が動いた。

「お兄様、危ない‼」

「な――っ⁉」

オフィーリアは両手を広げて庇《かば》うようにダークの前へ立つ。

闇夜の蝶の攻撃がオフィーリアに当たりそうになり――しかしそれより先に、剣を手にしたフェリクスが駆けつけた。

そして剣で一太刀《ひとたち》、闇夜の蝶を倒す。

「フェリクス様‼」

「……はっ、間に合った。大丈夫？　オフィ、ダーク」

「はい。ありがとうございます、フェリクス様」

「俺はこの通り無傷ですよ」

フェリクスの呼びかけに、オフィーリアとダークは頷く。

見ると、フェリクスは息を切らしている。もしかしたら、別の闇夜の蝶と戦っていたのかもしれない。

一段落したので、オフィーリアは近くにいた兵士に子どもを家まで送り届けるように頼んだ。

そして周囲を見回す。

（かなりの数の兵士が対応に当たってくれているのね）

しかし対応に戸惑《とまど》っている部分などもあり、上手く連携《れんけい》が取れてない様子だ。

「複数出た闇夜の蝶に、兵士たちも焦っているみたいだね」

「……はい」

街中、しかも日中にそのようなことが起ることはあり得ないに等しいし、今までもそんなことはなかった。これでは、家の外へ出ることもできなくなってしまう。

オフィーリアが神妙《しんみょう》な顔をしていると、ふいに苦しそうな声が耳に届いた。いったいなんだろうと声のする方を見ると、露店《ろてん》の脇《わき》に一匹の闇夜の蝶がいた。

『うゥ……』

「――っ！」

思わず息を呑んで凝視《ぎょうし》してしまう。

横にいるダークも、同じように闇夜の蝶に視線を向けていた。けれどフェリクスは、闇夜の蝶がいることに気づいていないようだ。

（そうか、わたくしが気づいたのは闇夜の蝶の声が聞こえるから……。でも、だとしたら気づいているお兄様もやっぱり闇属性？）

けれどダークは何も言わないので、闇属性だということを隠しているのだろう。

（闇属性だと言っていないわたくしには、何かを言う資格はないわ）

ダークの視線は気づかなかったことにし、闇夜の蝶を観察してみると、苦しそうに呻《うめ》いている。どうやら、負傷して苦しんでいるようだ。

『痛イ、痛い……』

（誰かに致命傷《ちめいしょう》を負わされて、逃げて来たんだわ）

おそらく、街の兵士だろう。

（闇夜の蝶は、倒さないといけないんだけど……）

苦しそうにもがく姿を見て、トドメをさそうと考えることができない。可哀相《かわいそう》だと、そんな風に思ってしまったのだ。

（って、それじゃ駄目なのに！）

ぐるぐる頭の中でどうすべきか考えていると、突然闇夜の蝶がオフィーリアの存在に気づいてこちらを見た。

『おまエ、フリージ、アの、巫女……！』

苦しそうに喋《しゃべ》る闇夜の蝶が、オフィーリアのことを睨みつける。

『ころス！　じゃなイト、私タ、ちの、プリンス……オ前が、殺ス……!!』

「えっ？」

（プリンス？）

闇夜の蝶の言葉に、オフィーリアは思わず声をあげてしまう。いったいなんのことを言っているのだ、と。

『私たちの、プリンスが――』

しかし次の瞬間、闇夜の蝶を炎《ほのお》の剣が切り裂いた。何かを言おうとしていた闇夜の蝶は、消えて黒い粉になった。

「大丈夫？　オフィ」

「あ、フェリクス様……」

オフィーリアは俯《うつむ》きながらも、「はい」と返事をした。

「襲ってくる前にトドメをさせてよかった。すぐ、街中にいるほかの闇夜の蝶も倒そう」

フェリクスは兵士たちの指揮をとり、あっという間に殲滅《せんめつ》させてしまった。あとは兵士たちに任せ、街の見回りを強化する予定だ。

街はひとまず安全だろう。


屋敷へ戻るオフィーリアたちを見送りながら、ダークは静かに息をついた。

オフィーリアには街の様子を見てから帰ると伝えたけれど、本当は自分の行動にイライラしてしまっていたからだ。

(俺はどうしてオフィを助けた?)

あのまま闇夜の蝶にやられるのを、見ていればよかったのに。

そう思っていると、ふいにハーブの香りが鼻をくすぐった。オフィーリアに初めて淹れてもらったのと同じ、カモミールだ。

「ああ……闇夜の蝶の攻撃で、ハーブの露店が崩《くず》れたのか」

商品のハーブが地面に落ちて、その香りが届いたようだ。

(この香りのせいで、美味いハーブティーを思いだしたのか?)

だからオフィーリアのことを助けてしまったのかもしれないと、ダークは考える。そう思うと、少しだけスッキリした。

「それにしても……俺より弱いくせに庇うなんて、不思議な奴」

ぽつりと呟《つぶや》いて、ダークも屋敷へ戻るために歩き出した。


——同日、深夜。

ダークが窓を開けて本を読んでいると、『きゃきゃきゃきゃっ!』という声が耳に届いた。

窓を開けていたせいで、闇夜の蝶がやってきたようだ。

『プリンス！　アイツら、強イ！』

『早ク倒シテ‼』

「………………」

　闇夜の蝶を見て、ダークは息をつく。そんなこと、言われなくたってわかっている。

「てか、お前たちは余計なことを口にするな。もし近くに闇属性の奴がいて、聞かれたら厄介《やっかい》だろう」

『闇属性なんテ、そウソうイナイ！』

『大丈夫ヨ！』

「お前たちは本当に口だけだな……」

　ダークは舌打ちして、闇夜の蝶を手で追い払う。

「まあ、確かに闇属性の奴なんてそうそういない……いないが」

　聞かれて、しかもそれが敵であれば――厄介なことこの上ない。まあ、ダークの力を持てすれば簡単に倒せるだろうけれど。

　そしてソファに深く座り、深く息をつく。

「しかし、どうするか……」

　考えるのは、オフィーリアのことだ。

昼間の自分の行動を思い出し、本当に殺すことができるのか——？　と。

「いや、やらなきゃいけないいんだ。わかってる」

ダーク・ルルーレイクこと、闇夜のプリンス。

その存在は、闇夜の蝶たちの頂点に位置している。姿かたちは人間であるが、闇夜の蝶の上位種だ。

ただ、ほかの闇夜の蝶は合体して上位種へ成長していくが、ダークは違う。

いわゆる、突然変異《とつぜんへんい》により生まれた亜種《あしゅ》の個体——と言うのがいいだろうか。知能が高く、人間に擬態《ぎたい》することも上手い。

戦闘能力も高く、様々な闇属性の魔法を使いこなす。

ダークの目的は、大きく分けて二つ。

一つ目は、自分たちを滅ぼすことのできる『フリージアの巫女』を始末すること。

そして二つ目は——……。

「オフィか……」

学園に戻る前に、オフィーリアを殺したい。それがダークと闇夜の蝶の総意だ。しかし現実は、そう上手くいかない。

「――チッ」

早くどうにかしなければと、ダークは息をついてソファに沈《しず》み込《こ》んだ。


「あ、おはようございます。お兄様」

「おはよう」

朝、オフィーリアが食堂へ行くとダークが朝食をとっているところだった。

オフィーリアがダークの向かいに座ると、パンとオムレツ、スープ、サラダにフルーツなどが用意された。

「美味しいそう、いただきます」

朝ご飯を食べると、体も温まり元気が出てくる。昨日は闇夜の蝶と遭遇《そうぐう》したこともあって、少し気分が落ち込んでいた。

すると、ダークがちょうどその話題に触れてきた。

「昨日は大変だったな」

「……はい。無事に倒すことはできましたけど、不安になっている領民は多いはずです」

どうにかして、安心できるようにしなければと、オフィーリアは口にする。

「……領民を心配するのは立派だが、オフィだって怖《こわ》かったんじゃないのか？」

「あ……」

ストレートに告げられたダークの言葉に、オフィーリアの思考が止まる。

（……確かに、怖かった）

けれど、それ以上に――

「襲われている子どもを助けなければいけないと思って、必死で……自分のことは二の次だったかもしれません」

オフィーリア自身も、自分がこんなに行動的だったことに驚いた。

「そうか。オフィはすごいな」

「ありがとうございます」

素直《すなお》に褒めてくれるダークに、オフィーリアは微笑んだ。


雑談をしつつ朝食を終えると、オフィーリアはハーブティーを淹れるために立ち上がる。

「お、淹れてくれるのか？」

「はい。お茶を飲む時間はありますか？　お兄様」

「オフィのハーブティーが飲めるなら、時間を作らないわけにはいかないな」

そう言って、ダークは頬を緩《ゆる》める。どうやら、オフィーリアのハーブティーをかなり気に入っているようだ。

用意してダークの前に置くと、ティーカップを取りその香りを堪能《たんのう》している。

「この間、街で買ったラズベリーレイクです。このハーブは疲れをとって、リラックスできるみたいです。……昨日は、いろいろと大変でしたから」

「ああ、あのときのハーブか。……美味いな」

いくらでも飲めそうだと、ダークは言う。それに、オフィーリアが自分を気遣《きづか》ってハーブティーを淹れてくれたことも嬉しい。

「オフィが俺のために選んでくれたんだから、大事に飲まないとな」

「別に、いつでも淹れてあげます」

ダークの言葉に、オフィーリアは微笑む。

まだまだたくさんあるので、好きなだけ飲んでほしい。

「オフィは、いつからハーブティーが好きなんだ？」

「え？　うぅん……気づいたときには、ハーブティーが好きでしたから」

いつから、なんて考えたこともなかった。物心がついたときには、もうハーブティーを飲んでいた気がする。

「そんな小さなころから好きだったのか」

「そうですね……ああでも、だからここまでハーブに詳《くわ》しくなったのかもしれません」

オフィーリアの言葉に、ダークがなるほどと頷く。

「ハーブティーはたくさん種類があるので、次はまた違うものを淹れますね」

「それは楽しみだな」

まだ飲んでほしいハーブティーはたくさんあるので、オフィーリアもうきうきしてしまう。ハーブティーを好きだと言ってもらえるのは、とても嬉しい。

美味しそうにハーブティーを飲むダークを見て、街でのことがふと脳裏《のうり》をよぎった。それは、ダークが闇夜の蝶を見ていたこと。

(お兄様は、闇属性……)

けれど、オフィーリアからそのことに関して聞くつもりはない。

(だけど、何か力にはなりたい)

そんなことを考えるのは、図々《ずうずう》しいかもしれないけれど……。だけど、告げずにはいられなかった。

子どものころから自分が闇属性だということを誰にも言えなかったオフィーリアには、隠していても、自分の味方になってくれる存在が大切だと知っているから。

「お兄様」

「ん?」

「わたくしは、お兄様の妹です。つまりは家族、味方です!」

——だから。

「困ったことがあったときは、いつでも相談してくださいね。そのときは、ハーブティーを用意して話を聞いてあげますから」

そう言って、オフィーリアは微笑んでみせる。

ダークはといえば、きょとんとした顔をして——噴《ふ》き出した。

「ハハッ、突然何を言い出すのかと思ったら……変な妹だな、オフィは」

「妹に向かって変とはなんですか、変とは！」

頬を膨らめて怒るオフィーリアに、ダークは「悪かった」と笑う。

「……楽しみにしてる。ついでに、明日の朝もハーブティーを淹れてくれよ」

「明日の朝ですか？　ふふ、もちろんいいですよ。約束ですね」

「ああ」

オフィーリアが小指を差し出すと、苦笑しながらもダークは「約束だ」と小指を絡《から》めてくれた。

『きゃきゃっ！　プリンス、どうシテ、巫女を殺さナイ⁉』

「………」

ダークが食堂から出ると、一人になったのを見たからか、一匹の闇夜の蝶がやってきた。

しかしダークは相手にするつもりがないようで、無視する。

『プリンス！　コのママじゃ、私たチは滅ぼさレチャウ！　プリンスだッて、殺サレちゃうのヨ⁉』

それでもいいのかと、闇夜の蝶が吠《ほ》える。

――もちろん、いい訳がない。

「でも、明日もハーブティーを飲む約束もしたしな……」

オフィーリアを殺してしまったら、もう飲むことができなくなってしまう。

(別に、人間の女一人が死ぬくらいどうってことはない……が)

なんだか、心の奥がもやもやするのだ。

闇夜の蝶にフリージアの巫女を殺せと言われるのが、なんだかとても不愉快《ふゆかい》なのだ。自分が殺さなければならない相手なのに。

「……チッ」

気分が悪いのは、朝だからだろうか。

「せっかく美味いハーブティーを飲んだっていうのに、最悪だ」

『プリンス！』

「今は気分がよくないから、下がれ」

『……ッ！　わ、ワカったワ』

闇夜の蝶はダークに睨まれて、逃げるようにどこかへ飛んで行ってしまった。

残ったダークは、その拳で壁《かべ》を叩《たた》く。

「――くそっ！」

どうにも気持ちが晴れず、しかしその原因がわからずイライラするのだ。一つわかることは、脳裏にオフィーリアの顔がよぎっている……ということだけ。

「気晴らしに、街にでも行くかな」

そう考え、しかしまた思い浮かぶのはオフィーリアとの記憶《きおく》。街で会ったときは、まあまあ楽しかった。

「あーくそ、なんなんだいったい！」

ダークは舌打ちし、もやもやを払うように頭を振った。


オフィーリアが団欒室にいると、フェリクス、リアム、エルヴィン、クラウスの四人がやってきた。

「ああ、ここにいたのかオフィ。おはよう」

「おはようございます、フェリクス様。リアム様に、エルヴィン様とクラウス様も」

「「「おはよう」」」

挨拶を交わすと、フェリクスたちはソファへ座った。フェリクスがオフィーリアの隣で、向かいにリアムたち三人が腰《こし》かけている。

「わたくしを捜《さが》していたのですか？」

「うん。父——陛下《へいか》と連絡《れんらく》を取って、オフィがフリージアの巫女だと公表する段取りの確認ができたんだ」

「——！　日取りが、決まったんですか？」

「正確な日程は王都に戻り次第《しだい》、っていうところかな。タイミングは、学園で行われる新年パーティーの後くらいになると思う」

「そうですか……」

（ついに公表するのね）

冬休みが終わり王都に戻ってからになるが、いよいよ具体的な内容が決まってきたためドキドキする。

「公表するときには、公爵たちにも立ち会ってもらおうと思っている。冬休みが終わるタイミングか、新年になったら王都に来ていただけるようお願いしようと思う」

「わかりました」

ひとまずの話を終えて、オフィーリアはふうと息をつく。国民にフリージアの巫女になったことを伝えるのは、かなり緊張しそうだ。

同時に、オフィーリアのフリージアの巫女としての覚悟もどんどん形になってきている、そんな風に感じた。


蝋燭《ろうそく》の火が灯《とも》る廊下《ろうか》を歩き、ダークはオフィーリアの部屋の前までやってきた。

部屋に入ると、すやすや気持ちよさそうな寝息《ねいき》が聞こえてきた。深夜ということもあり、オフィーリアはぐっすり寝《ね》ているようだ。

「しかし、なんでオフィには俺の魔法が当たらないんだ？」

不思議で仕方がない。

「……風よ、我が敵を殺せ【極夜の風】‼」

瞬間、強風が起こり風の刃《やいば》が寝ているオフィーリアを襲う。本来であれば外す距離《きょり》ではないのだが――ダークの魔法は、オフィーリアに掠《かす》りもしなかった。

「やっぱりか」

すやすや眠るオフィーリアの顔を見て、ダークは理由がわからないもやもやからか、オフィーリアの頬をむにっとつまむ。

「俺に殺されそうになってるのに、のんきに寝てるな馬鹿」

なんとも理不尽《りふじん》なことを口にし、ダークはどうするかなと考える。ここでオフィーリアを殺しておかなければいけない、そんな気がするのだ。

(じゃなきゃ、俺はどんどんオフィのことを——)

——いや、そんなわけがない。

ダークは軽く頭を振って、思考を切り替える。

「魔法が駄目なら、直接息の根を止めるか……？」

別に魔法にこだわる必要はないのだ。

ダークはゆっくりベッドへ乗り上げて、オフィーリアの首へその手をのばす。しかし触れて力を入れた瞬間、オフィーリアが目を開いた。

物音がして、オフィーリアは意識を浮上《ふじょう》させる。目を開けると、ダークが自分にのしかかっていた。

「んんぅ……!?　っ、お兄様……!?」

「チッ、起きたのか。寝ていれば、気づくことなく死ねたっていうのに」

「――っ⁉」

自分を殺すと言ったダークに、オフィーリアは息を呑む。

(どういうこと⁉)

突然の展開に、思考が追いつかない。しかし、ダークが自分を殺そうとしていることは、まぎれもない事実のようだ。

(嘘《うそ》、お兄様は敵だったの⁉)

一緒に魔法や歌の練習をしたり、ハーブティーを飲んだり――短いながらも、いい兄妹になれていると思ったのに。

けれど、ダークの手はオフィーリアの首を絞《し》めてくる。息苦しさに嗄《かす》れた声が出て、呼吸ができなくなる。

(こんなこと、信じたくない)

しかし以前、ダークが闇夜の蝶と会話をしているらしいところを目撃したのも事実。闇夜の蝶サイドの人間だったのだろうか。

「はっ、ふ、ぅ……っ、ど、して……お兄様」

信じたかったのに。

オフィーリアの目に、じわりと涙《なみだ》が浮かぶ。

死にそうになっていることが怖いのではない。ダークが敵だったということが――ただ、辛《つら》いのだ。

「おに、さ……っ、まぁ」

もしもこのまま死んだら、どうなるのだろうか。

（エンドロールが流れるのかしら）

――なんて。

「さよならだ、オフィ」

ダークの声が耳に届いたとき、オフィーリアの脳裏にダークとの約束が浮かんだ。

「い、ゃ……だ、って、朝……はっ、はーぶ、ティー……、飲むんだ、も……っの」

「……っ！」

オフィーリアの言葉に、首を絞めるダークの力が緩んだ。その隙をついて、オフィーリアはダークの下から逃げ出して走る。

「――ひゅっ、けほ、ごほっ、は、はぁっ」

扉《とびら》まで走るのと、物音を聞きつけたフェリクスが駆けつけるのは同時だった。扉が開き、オフィーリアはフェリクスに抱きとめられる。

「オフィ⁉　大丈夫か⁉」

「だ、大丈夫……です」

「ダーク、どういうつもりだ‼」

　オフィーリアの弱々しい姿を見て、フェリクスが怒《いか》りをあらわにする。オフィーリアを抱きとめていなければ、すぐにでも殴《なぐ》りに行っただろう。

　フェリクスに支えられながら、オフィーリアは呼吸を整える。その間、フェリクスはダークのことを睨みつけているまま。

「はっ、はぁ……」

　呼吸が整うと、次第にオフィーリアの脳がクリアになってくる。そして考えるのは、目の前にいるダークのこと。

（これは……悪役令嬢ルートのシナリオなのかしら）

　――ここは、乙女《おとめ》ゲームの世界。

　今は、悪役令嬢ルートが進んでいるはずだ。その中で、オフィーリアは一つの可能性に辿《たど》り着《つ》く。

（もしかして――お兄様は、ダークは……悪役令嬢ルートに用意された新キャラクターなのかもしれない）

　もしそうであれば、高スペックでありすぎることも頷ける。

　確かに今、ダークは敵なのかもしれない。けれど、けれど……兄妹として、家族として過ごした時間だって本物だとオフィーリアは思っている。

悪役令嬢ルートのせいでダークが敵にいるのだとしたら、救いたいと、そう思う。

そうだとしたら、ダークを救済できる道筋が用意されているはずだ。

それがどんな道かはわからないけれど、オフィーリアは直感ではあるが——間に合うと思っている。

（お兄様が本気を出したら、わたくしなんてもう死んでいたはずだもの）

首を絞めていた力も、全力ではなかった。

「お兄様、話をしましょう……？」

「オフィ、それは——」

「お願い」

フェリクスが止めようとしてきたが、オフィーリアは首を振る。ダークは自分を殺そうとしてきたが、きっと理由があったはずだ。

（だって、お兄様は確かにわたくしに優しかったもの……！）

ハーブティーだって、何度も一緒に飲んだ。これからも、淹れてあげる約束だってした。

それを蔑《ないがし》ろにするような人ではないと、オフィーリアは思っている。

さっきだって、ハーブティーという言葉を聞いて、首を絞める力を緩めてくれた。

しかし、部屋に響いたのは冷たいダークの声。

「闇夜の蝶たちのために——いや。自分を殺そうとした相手に、よくそんな言葉が出てくるな。話すことなんて、何もない」

ダークはそう言って、闇に溶《と》けるように姿を消してしまった。

「お兄様……っ！」

オフィーリアは叫び、涙を流した。


オフィーリアの部屋から場所を移し、応接室で話をすることにした。簡単に着替《きか》え、温かいハーブティーを飲むと幾分《いくぶん》か気持ちが落ち着いた。

フェリクスのほかに、騒《さわ》ぎに気づいた両親と使用人も来たが、オフィーリアが「怖い夢を見て騒いでしまったの」と伝えて下がってもらった。

その理由は、ダークをここで捕《とら》えてしまったら、ダーク自身を救えないと思ったからだ。殺されそうになったくせに何を言っているのだと思われるかもしれないけれど、救えるのであれば、ダークを救いたいとオフィーリアは思った。

フェリクスたちは怪訝《けげん》な表情をしていたが、何も言わずにオフィーリアの意思を尊重してくれた。

「オフィ、冷たいタオルを用意してもらったから、目元に当ててごらん。少し、赤くなってしまっているから」

「ありがとうございます」

涙が出たので、目が赤くなってしまったようだ。冷たいタオルを載《の》せると心地よくて、緊張してこわばっていた体の力も一緒に抜けていく。

「ふぅ……」

ソファに深く寄りかかるオフィーリアの髪《かみ》を撫で、フェリクスはその手を握る。

「ゆっくり深呼吸して。もし辛かったら、このまま寝てしまっても大丈夫」

今はオフィーリアが落ち着くことが一番だと、優しい声が甘やかす。

「義理とはいえ、兄に攻撃されたのだから……堪《こた》えているだろう」

「いったいどういうつもりだったのか」

「いい奴だと、思ってたんだけどな」

リアム、クラウス、エルヴィンが、ダークのことを思い浮かべる。ここ数日一緒に過ごした彼は、オフィーリアに危害を加えるようには見えなかったからだ。

「……わたくしも全てを知っているわけではないですが、わかる範囲《はんい》でお話しします」

オフィーリアは目元からタオルを取り、フェリクスたちを見る。

「無理はしなくていい、オフィ」

「……いいえ。お父様たちには言えませんでしたけど、フェリクス様たちには知っておいていただかなくてはいけないと思うので」

そう告げて、オフィーリアは先ほどの出来事を含むダークのことを話し始めた。


実は以前、ダークが闇夜の蝶と会話している様子だったということを告げる。ダークは、おそらく闇夜の蝶となんらかの関わりがあるのだろう。

そして、自分が狙われた理由は……闇夜の蝶を滅ぼす力を持っているから。


「……わたくしが知っているのは、これくらいです」

オフィーリアの話を聞き、フェリクスたちは驚く。目を見開いて、大きく息をはいた。

「まさか、闇夜の蝶と会話が……。お伽噺《とぎばなし》か何かだと思っていたが、実在するんだな」

フェリクスはダークのことを考え、表情が険しくなる。

その様子を見て、オフィーリアは自分も闇属性で、闇夜の蝶と会話ができるということを告げるか迷う。

ダークの話をするのと一緒に伝えてしまおうと思っていたのだが……。

(……どうしよう)

悩んでいると、ふいにリアムと目が合った。リアムはそっと口元に指をあてて、「しー」

と合図を送ってきた。

話さない方がいいと、そう判断したようだ。

（そうよね、お兄様のことがあったばかりで、わたくしのことまで話したら混乱してしまうかもしれない）

神官であるリアムが事情を知っていてくれることは、心強い。

「それと、お兄様のことをお父様たちに話さなかったのは……お兄様が、本気でわたくしを殺そうとしていなかったからです」

もし本気であれば、自分はとっくに殺されていたとオフィーリアは告げる。

「それはそうかもしれないが、だからと言って……」

フェリクスはどうしたものかと、頭をかく。

「何か、理由があったのかもしれません。お父様には、きちんと事実がわかってからお話しする、というわけにはいきませんか？」

オフィーリアのお願いに、フェリクスは眉間《みけん》に指をあてて悩む。オフィーリアからのお願いは好きだけれど、そんなお願いは想定外だ。

「……わかった。けど、ダークと一緒にいるのは危険だ。まだ冬休み中だが、私たちはダークより先に学園へ戻る。これだけは譲《ゆず》れない」

フェリクスが告げる。瞳を見れば、フェリクスが最大限譲歩《じょうほ》してくれたのだということはわかる。

オフィーリアは頷き、それに了承《りょうしょう》する。

「我《わ》が儘《まま》を言ってしまって、すみません」

「……構わない、と言ったら嘘になりそうだが、今回はオフィの意思を尊重するよ。実際、ダークと一番時間を共にしているのはオフィだからね」

「ありがとうございます」

フェリクスたちに感謝し、オフィーリアはダークに救いの道がありますようにと、心の中で願った。

第四章　闇夜のプリンス

ダークに襲撃《しゅうげき》され、オフィーリアたちは冬休みが終わる前だが学園へ戻《もど》ることにした。

急なスケジュールだが、出発は襲撃の翌日である今日だ。

深夜のうちに大体の荷物をまとめ、午前中に馬車などの手配や準備をすべて終わらせた。

グレゴールはとても残念がったが、フリージアの巫女《みこ》であることを国王と相談しなければならないと伝えると、納得《なっとく》してくれた。

ダークは、昨日のことがあったからか朝から姿が見えない。

オフィーリアたちが馬車の準備を見ていると、「大変だ！」と兵が馬で駆《か》けてきた。すぐに反応したのは、フェリクスだ。

「何があった」

「やっ、闇夜《やみよ》の蝶《ちょう》です!!　多数の闇夜の蝶が出現しました!!」

「「「――っ!?」」」

場所は街から近い森の中で、その数は十匹《ぴき》ほど。街の兵士が討伐《とうばつ》にあたっているが、苦戦を強《し》いられているようで協力の要請《ようせい》にきたのだ。

「すぐに加勢に行きましょう！　カリン、お父様にこのことを伝えてちょうだい。わたくしは、フリージアの巫女としてフェリクス様たちと行きます」

「……っ、はい。どうかお気をつけて、オフィーリア様」


戦うため、用意されていた服へ着替《きか》える。オフィーリアの服は魔法使《まほうつか》いのローブで、パッケージのヒロインとはデザイン違《ちが》いのものだった。

フェリクスとエルヴィンは騎士《きし》服で、リアムは神官服で、クラウスはローブだ。

「街の人たちは、きっと不安でしょうね……」

闇夜の蝶は、多く出現しても一度に二〜三匹ほどだ。それが、十匹も。

オフィーリアがぎゅっと手を握《にぎ》りしめると、「大丈夫《だいじょうぶ》」とフェリクスが安心させるように余裕《よゆう》の笑《え》みを浮《う》かべた。

「私たちなら、すぐに闇夜の蝶を倒《たお》すことができる」

「フェリクス様……。そうですね、わたくしも魔法の練習はしてきましたし……何より、このメンバーで負ける気はしません！」

フェリクス、リアム、エルヴィン、クラウスを見て、オフィーリアは微笑《ほほえ》む。確かにこのメンツであれば、心配は不要だったかもしれない。

「闇夜の蝶なんて、すぐに片付く」

「俺が真っ先に切り込んでやるよ」

「まあ、私たちが負けることはないだろう」

それぞれの言葉に頷《うなず》き、オフィーリアたちは馬に乗り森へ向かった。


闇夜の蝶が出現した森は、昼間でも暗く深く、慣れている者でもそうそう足を踏《ふ》み入《い》れることのない場所だった。

暗いので松明《たいまつ》で照らされているが、どこかじめじめしていて落ち着かない。

森の奥から聞こえるのは、兵士たちの戦う声と、『きゃきゃっ』という闇夜の蝶の声。

声のする方に目を向けると、闇夜の蝶がいた。

（普通《ふつう》の闇夜の蝶だけじゃなく、上位種もいる……‼）

これは手ごわい相手だと、オフィーリアは息を呑《の》む。

フェリクスが剣《けん》を構えて前に立ち、その後ろからクラウスが戦況《せんきょう》の確認《かくにん》をする。

「闇夜の蝶の数は七、そのうち上位種が二！　普通の蝶は兵士に任せ、上位種に狙《ねら》いを絞《しぼ》りましょう」

「わかった！」

すぐにフェリクスが地を蹴《け》ったのを見て、オフィーリアは慌《あわ》てて魔法を使う。

「フェリクス様に力を――【剣の祈《いの》り】！」

「ありがとう、オフィ。これで百人力だ！」

闇夜の蝶の上位種は、体が通常の蝶よりも二回りほど大きく、瘴気《しょうき》の漏《も》れ出ている量が倍になっている。

おどろおどろしいその様子は、足がすくんでしまうほど。

（わたくしはゲームで何度も見ていたけど、やっぱり現実だと何倍も怖《こわ》いし、周囲の空気も心なしか重い……！）

けれど、フェリクスはそんなプレッシャーをものともしない。剣で切りつけ、上位種にダメージを与《あた》えている。

「よっし、俺も行くぜ。オフィーリア嬢《じょう》、援護《えんご》を頼《たの》む」

「はい！　エルヴィン様に、力を！【剣の祈り】」

オフィーリアが魔法をかけてすぐ、エルヴィンがもう一体の上位種へと切りかかった。

攻撃《こうげき》自体は防がれてしまったが、引けを取ることはない。

（二人とも、強い！）

これならあっという間に倒せるかもしれない。

オフィーリアがほっとしていると、闇夜の蝶からダメージを受けた兵士が目に留まった。腕《うで》から血を流し、気を失っているようだ。

「すぐに治療《ちりょう》を……っ！」

慌てて、兵士の下に駆け寄った。

オフィーリアは近くにリアムがいることに気づいて、声をかける。

「リアム様」

「うん？」

「怪我人《けがにん》の治療をします。その間、守ってもらえますか？　クラウス様は、フェリクス様とエルヴィン様の援護をお願いします」

オフィーリアが指示を出すと、二人は驚《おどろ》いたのか一瞬《いっしゅん》だけ表情を変える。しかしすぐに、了承《りょうしょう》してくれた。

今のオフィーリアでは、攻撃魔法を使えないため闇夜の蝶を倒すことはできない。けれど、味方の怪我を治すことはできる。

今はせめて、自分にできる精一杯《せいいっぱい》のことをしよう。

オフィーリアが巫女だということは公表していないが、隠《かく》した方がいいとか、考えている場合ではない。

体面よりも守るべきものが、ここにはある。

「大丈夫ですか⁉　しっかりしてください‼」

血を流し気絶している兵士に声をかけると、小さく呻《うめ》きうっすらと目を開いた。

「うぅ、俺……」

「すぐに治癒《ちゆ》をするから、安心してちょうだい。闇夜の蝶の魔力《まりょく》を払《はら》い、癒《いや》しを——【癒しの祈り】」

オフィーリアが祈るように魔法を使うと、兵士の傷が消えて呼吸が整う。気持ちよさそうな寝顔《ねがお》になった。

ほっと息をついて、額にかいた汗《あせ》を手の甲《こう》で拭《ぬぐ》う。

「ふう、よかった……」

「さすがだ、オフィ。闇夜の蝶の魔力に当てられた人間は、一回の治療で治すことはほぼ不可能だ。それをいとも簡単にやってのけるとは……」

兵士の顔を覗《のぞ》き込《こ》んだリアムに褒《ほ》められ、オフィーリアは自信がつく。緊張《きんちょう》していた表情はほぐれ、どこかスッキリした印象も受ける。

「リアム様、ほかの人たちも治療しましょう！」

「ああ」

オフィーリアは、急いでほかの兵たちの治療に走った。

一方、フェリクスとエルヴィンは上位種と戦い続けていた。

「さすがにきつい、か」

「今まではアリシア嬢の聖属性魔法で攻撃していたからな……」

フェリクスたちの攻撃も通らないわけではないが、やはり聖属性魔法の攻撃力は段違《だんちが》いだ。決定打がなく、拮抗《きっこう》した状態が続いていた。

――しかし、それも長くは続かなかった。

上位種の強さは予想以上で、連撃《れんげき》がフェリクスを襲《おそ》う。一撃《いちげき》、二撃、三撃までは剣でいなすことができたが、それ以上を受け止め切ることができなかった。

「――っ、クッ」

フェリクスの体が吹《ふ》っ飛《と》ばされて、木に当たる。

それを見た上位種が、『きゃきゃっ！』と楽しそうに笑った。

『手こズラせてくレたけど、コレでおシまいネ！』

ひどく楽しそうな上位種の声が、兵士たちを治療しているオフィーリアの耳に届いた。

オフィーリアの目に、フェリクスが上位種から攻撃を受けている姿が目に入った。小さな攻撃魔法を何回も。

「フェリクス様……⁉」

押されている状況《じょうきょう》に、オフィーリアは嫌《いや》な汗がにじむ。このままでは、フェリクスがやられてしまう。

(どうしよう、どうすればいい)

助けたいけれど、攻撃魔法を使うことができない。

フリージアの巫女になり、舞《ま》い上《あ》がっていた。自分はこんなにも、こんなにも――無力で。

「いや、いやよ！　フェリクス様！」

見ると、上位種が特大の魔法を使おうとしているところだった。あれを受けたら、ひとたまりもないだろう。

リアムたちが助けようとしているが、ほかの上位種に行く手を阻《はば》まれている。

『王太子、殺シテヤル‼』

嫌――！

オフィーリアがフェリクスを命に代えても助けたいと、そう願った瞬間《しゅんかん》……フリージアの巫女の印が熱く輝《かがや》いた。

「フェリクス様を傷つけることは、許さないから！　──【浄化《じょうか》の祈り】‼」

『ぎゃぎゃっ！』

無我夢中《むがむちゅう》になったオフィーリアが、初めて攻撃魔法を発動させた。必死だったので、どうして使えたのかわからない。

けれどきっと、フェリクスへの想《おも》いが力になったのだろう。

上位種は悲鳴をあげ、そのまま粉になり消え去った。

フェリクスたちがダメージを与えていたとはいえ、聖属性魔法のすごさにオフィーリアは驚く。

「フェリクス様に、【癒しの祈り】！」

オフィーリアの回復魔法で、フェリクスの傷が癒《い》える。

しかし次の瞬間、エルヴィンと対峙《たいじ》していた上位種がオフィーリア目がけて一直線に飛んできた。

『きゃきゃっ！　フリージアノ巫女、殺しテヤる‼』

「──しまっ、オフィーリア嬢‼」

エルヴィンが声を荒《あら》らげ、剣を振《ふ》るう。──が、すでに上位種はオフィーリアの近くまで行ってしまったため空振《からぶ》りに終わった。

フェリクスも離《はな》れた場所にいるため、オフィーリアを襲う上位種に追いつくことができない。

「あ……」

──殺される。

オフィーリアがそう思ったその時、一陣《いちじん》の風がオフィーリアの周囲に吹き荒れた。その風に阻まれ、上位種はオフィーリアに手を出せなくなってしまった。

『きゃきゃきゃっ！　どうシテ邪魔《じゃま》ヲすルノ、プリンス‼』

「うるせーよ」

その声とともに風が天へと立ち上り、上位種はどこかへ吹っ飛んでいった。

「な、なにっ⁉」

上位種の叫び声《さけごえ》にオフィーリアが戸惑《とまど》っていると、ぽんと、頭を優《やさ》しく撫《な》でられた。見るとダークがいた。

「え……」

オフィーリアはこれでもかと目を見開いて、驚いた。

（お兄様はわたくしを殺そうとしていたのに、どうして）

なぜ、自分を助けてくれたのか。

「オフィ‼」

「――っ！」

瞬間、フェリクスに腕を引かれその背に隠される。オフィーリアの魔法で回復してすぐ駆けつけ、突如《とつじょ》現れたダークから守ろうとしてくれたのだ。

「なぜここにいる、ダーク」

フェリクスはダークを睨《にら》みつけるが、ダークはけろりとしている。まるで自分は何も気にしていないとでも言うように。

「俺はルルーレイク公爵《こうしゃく》家の者だ。闇夜の蝶が出て被害《ひがい》が出ているなら、現場に足を運ぶのは当然だろう？」

そんな当たり前のこともわからないのか？　と、ダークは笑う。

「…………」

ダークの答えに、フェリクスはとてつもなく嫌そうな顔を見せる。お前がそれを言うのか？　と、顔に書いてある。

二人の間にバチバチ火花が飛んでいると、兵士たちがやってきた。

「ありがとうございます、ダーク様！」

「ほかの方たちも、上位種との戦闘《せんとう》、素晴《すば》らしかったです！」

「……っ！」

わっと盛り上がった兵士たちに、ダークが手をあげて「お前たちもよくやった」と労《ねぎら》いの言葉をかけた。

兵士たちは、ダークを次期公爵と認識《にんしき》している。

これでは、ダークが実は闇夜の蝶の関係者だと言っても誰《だれ》も信じないだろう。下手《へた》をすれば、オフィーリアたちが訝《いぶか》しまれる可能性だってある。

ダークはオフィーリアのことを殺そうとしていたのだから、助けに入らない方がよかったはずだ。

運がよければ、上位種の攻撃で死んでいたかもしれないのに。

(なのに、わたくしを助けてくれた……)

ダークが何をしたいのか、本当にわからなくなってしまった。

闇夜の蝶の襲撃があり、オフィーリアたちはその日のうちに出立することができなかった。

仕方なく、明日以降に繰《く》り越《こ》しだ。

「はー、わからない。わからないわ！」

いったいダークは何をしたいのかわからず、オフィーリアはベッドへ突《つ》っ伏《ぷ》していた。

「私の命を狙っていると思ったら、いきなり命の恩人！」

展開についていけない。

「やっぱり何か理由でもあるのかな」

しかし考えても答えはでない。

あの後、すぐオフィーリアの下へ来たフェリクスも困惑《こんわく》した様子だった。いや、全員意味がわからなかっただろう。

「はぁ……」

どうすべきなのか。

オフィーリアがもやもやしながらベッドの上でゴロゴロしていると、ふいにノックの音が響《ひび》いた。

「オフィーリア様、カリンです」

「どうぞ」

侍女《じじょ》の来訪に、オフィーリアはベッドから起き上がる。そしてソファへ座ろうとしたところで、紅茶を持ったカリンと一緒《いっしょ》にフェリクスも入ってきた。

「突然《とつぜん》ごめん、オフィ。お茶でもどうかな？」

「あ、はい……」

フェリクスの誘《さそ》いに、オフィーリアはすぐに頷いた。

カリンが二人分の紅茶と焼き菓子《やがし》を置いて下がると、すぐにフェリクスが「大丈夫？」と心配そうにオフィーリアに訊《たず》ねる。

（お兄様のことを気にしてくれているのね）

「なんというか、びっくりしました。助けられるとは思ってもみませんでしたから」

「ああ。私も驚いた」

オフィーリアが言った通りダークのこともあるのだが、フェリクスはもっと根本的な心配もしていた。

「オフィはあまり闇夜の蝶と遭遇《そうぐう》することもないから、怖かっただろう？　しかも、直接攻撃魔法で戦ったのは今回が初めてだ」

何か思うところや、恐怖心《きょうふしん》のようなものがあったのではないかと、フェリクスは考えてくれたようだ。

「確かに、最初はすごく緊張して、怖かったです。ですが。勇敢《ゆうかん》に立ち向かっていくフェリクス様たちを見たら……自分にできることを、精一杯頑張《がんば》らなければと思ったんです。領民を、国民を守らなければ……と」

「オフィ……」

　フェリクスはオフィーリアの言葉を聞き、胸にじんとくるものがあった。自分と同じように国を想ってくれていることが、嬉《うれ》しかった。

「私も、オフィに助けられた。ありがとう」

「い、いえ！　わたくしも、夢中で……」

　精一杯だったと、オフィーリアは苦笑《くしょう》する。

「謙遜《けんそん》する必要はないよ。それに、騎士や兵の中には、闇夜の蝶のもやに当てられて、戦闘後に精神をやられてしまう者もいるんだ」

「そうだったのですか……」

　今回は被害がそれほど大きくなかったので、すでに負傷した兵は全員回復しているとフェリクスが教えてくれた。

「今回は、オフィの癒しの力がとても大きかった。ありがとう」

「わたくしの力がお役に立てて、とても嬉しいです」

　フェリクスに感謝され、オフィーリアの頬《ほお》が緩《ゆる》む。

　これから先の戦いは、どんどんきついものになるだろう。

　そうなると、やはりオフィーリアが闇属性も使えることを話した方がいいのではと考える。自分ができることを相手が知っていると、できることの幅《はば》が広がる。

　オフィーリアの口がわずかに開き――

「叫ぶようなあの鳴き声が、ダークにはいったいどんな風に聞こえているんだろうね」

——閉じた。

ふいに発せられたフェリクスの言葉に、オフィーリアはドキリとする。

「私たちには、闇夜の蝶がきゃきゃっと鳴いているようにしか聞こえないだろう?」

だから少し気になるのだと、フェリクスが言う。

「そうですね……。その……フェリクス様は、闇夜の蝶がなんと言っているのか聞きたいと思いますか?」

闇夜の蝶たちが普段《ふだん》なんと言っているのか。どんな意思を持ち、戦っているのか。人間をどう思っているのか——。

声を聞くことが、話をすることができたのなら。フェリクスはどうしたいだろうと、オフィーリアは思ったのだ。

しかし、フェリクスの答えはオフィーリアにとって非情なものだった。

「……私は、あまり聞きたくはないな」

「——!」

聞きたくないというフェリクスの言葉に、オフィーリアは息を呑む。

まるで、自分自身を否定されたかのように胸が痛い。

だからといって、オフィーリアにフェリクスを責めることなんてできはしない。

（普通は、闇夜の蝶の声なんて聞きたくないもの）

そういった反応をする人は、きっと多いはずだ。フェリクスの意見はなんらおかしくないと、自分に言い聞かせる。

「まさか、オフィは声を聞きたいの？」

「い、いえ……そういうわけではないのですが」

「そう？　なら、よかった。闇夜の蝶の声なんて、聞くものじゃない」

「……はい」

オフィーリアも闇夜の蝶と会話ができると告げたら、フェリクスはどんな顔をするだろうか。

（闇属性のわたくしを、軽蔑《けいべつ》するかしら）

──わからない。

フェリクスがそんな態度をとらないことは、オフィーリア自身が一番よくわかっているというのに。

打ち明けようかと思っていた一握りの勇気が、砕《くだ》け散《ち》った気がした。


翌日。

オフィーリアはあまり眠《ねむ》れず、早朝に目が覚めてしまった。外はまだ朝陽《あさひ》が昇《のぼ》っておらず、真っ暗だ。

まるで自分の心のようだと、そんな卑下《ひげ》するような感情が沸《わ》き起《お》こる。

「せめて明るければ、庭を散歩でもするのに」

これではとてもではないが、できはしない。


オフィーリアはもうひと眠りしようと、ホットミルクを作るため厨房《ちゅうぼう》へ向かった。何人か、仕込みをしている料理人がいるはずだ。

厨房に行く途中《とちゅう》の廊下《ろうか》で、団欒室《だんらんしつ》に明かりがついていることに気づく。

(誰かいるのかしら?)

オフィーリアは不思議に思いながら、そっとドアを開けて中を覗き込む。そこには、ソファで本を読んでいるリアムの姿があった。

「……誰？」

「！　わたくしです」

こっそり立ち去ろうと思っていたのに、一瞬でばれてしまった。オフィーリアが苦笑して部屋に入ると、「オフィか」とリアムが微笑んだ。

「眠れないのか？」

「……はい」

リアムは本を置いて立ち上がり、ティーポットを手に取り温かい紅茶を淹《い》れてくれた。リアム手ずからなんて、珍《めずら》しい。

それだけ、オフィーリアのことを気にかけてくれているのだろう。リアムは「おいで」と言って、隣《となり》を叩《たた》く。

「飲んで落ち着くといい。体が冷えるのも、よくないからな」

「ありがとうございます」

（めちゃくちゃ優しい……）

ここにきて、リアムの優しさがリアムルートに進んでいるときと同じくらいだということに気づく。

彼は無関心キャラクターのくせに、一度ヒロインが懐《ふところ》に入ると、でろでろに甘やかしてくるのだ。

オフィーリアが緊張しつつソファへ座ると、リアムも一緒に紅茶を飲んだ。ぐぐっと背《せ》伸《の》びし、凝《こ》り固《かた》まった肩《かた》を回してほぐしている。

ちらりと置かれた本を盗《ぬす》み見《み》すると、闇魔法に関するものだった。予想していない内容だったので、思わずガン見してしまった。

「気になる？」

「あ……。すみません、不躾《ぶしつけ》に見てしまって」

「別に構わないさ。街に買い物に行ったときに見つけたんだが、これはとても古く貴重な本だ」

よく街の書店に置いてあったものだと、リアムは感心したように言う。

リアムが書棚《しょだな》を見ていろいろ手に取っていたのは、オフィーリアも覚えている。

「あの書店は品揃《しなぞろ》えがいいんです。ただ、場所がちょっとわかりにくいのと、店主のおじいさんの見た目が怖いので客足はあんまり……なんですよね」

オフィーリアのお気に入りの書店なので、褒めてもらえて頬が緩む。そんなオフィーリアを見て、いつも無表情のリアムの頬も緩んだ。

「――っ！」

「そうか」

微笑んだリアムを見て、オフィーリアは思わず息を呑む。さすがはメインキャラクターというだけあって、笑顔《えがお》の破壊力《はかいりょく》が凄《すさ》まじい。

（って、わたくしの婚約者《こんやくしゃ》はフェリクス様なのよ！）

いけないとぶんぶん首を振って、オフィーリアはほかの話題を探す。しかし、それより先にリアムが違う話題を口にした。

「フェリクス殿下《でんか》に、何か言われたか？」

（それ触《ふ》れてほしくない話題!!）

眠れなかった原因をピタリと言い当てられてしまい、オフィーリアは表情をゆがめる。するとリアムが声に出して笑った。

「ああ、すまない。オフィがすごい顔をしていたから」

「り、リアム様？」

「…………」

ぐぬぬ。

言われてどうにかしようと無表情になるよう目を細めると、さらにリアムに笑われてしまった。

「今日のリアム様は、すごく笑いますね」

嫌み半分、と言う感じでオフィーリアが告げると、いい訳か何かが返ってくると思っていたのだが……リアムはきょとんと瞳《ひとみ》を瞬《しばたた》かせた。

「確かに、そうかもしれないな。だが……オフィを見ているのは、どんな興味深い書物を読むよりも楽しいのだから仕方がない」

「……っ！」

カウンターを食らってしまった。

さすがのオフィーリアも、リアムの言葉に頬を染める。

「それで？　フェリクス殿下に、闇夜の蝶の声なんて聞きたくないとでも言われたか？」

リアムは足を組みなおして、ソファへ深く腰掛《こしか》ける。すべてを見通していそうな瞳に、オフィーリアは一瞬言葉に詰《つ》まる。

「……どうしてわかったんですか」

「あれはそういう男だからな。まあ、私は別に聞けても聞けなくても構わないが」

さすがは無関心のリアムだと、オフィーリアは苦笑する。

「リアム様の予想通りです。フェリクス様は、闇夜の蝶の声は聞きたくないし、私が聞きたいと思うのもよく思われない様子でした」

「それでは、オフィが声を聞けるとは言えないな」

「…………はい」

リアムの横で、オフィーリアは息をつく。

「わたくしが闇属性を持っていて、声を聞けると……秘密にしていることを心苦しいと思っていたのに、今はどうしようも、なく……」

どうしようもなく――知られたくない。

もしもフェリクスが知ってしまったらと考えたら、ゾッとする。

「わたくし、強くなって闇夜の蝶と戦おうと決意したのに……弱くて」

「オフィ……」

自分の気持ちを吐露《とろ》したからか、オフィーリアの瞳にじわりと涙《なみだ》が浮かぶ。悪役令嬢《れいじょう》にもかかわらず幸せになるため頑張ってきたが、その道のりはひどく険しい。

リアムはオフィーリアの前髪《まえがみ》をかきあげ、その顔を覗き込む。それから、指先で優しく涙を拭う。

「別に、言わなくてもいい」

「え？」

「昔、母が言っていた。女性は秘密があった方が魅力的《みりょくてき》だ……と。まあ、そんなものなくてもオフィは魅力的だが」

だから無理して伝える必要はないのだと、リアムは微笑んだ。最後はオフィーリアが笑えるように、冗談《じょうだん》のような本気の言葉を交えて。

リアムの言葉で、オフィーリアは肩の力が抜《ぬ》けた。

(秘密のままでいいって言われただけで、すっと気持ちが楽になった)

リアムはすごい。

きっと、オフィーリアの気持ちも全部お見通しだったのだろう。

「ありがとうございます、リアム様」

「オフィが笑ってくれるなら、それでいいさ。もうすぐ陽が昇るが、まだ少しは寝《ね》られるだろう。部屋まで送っていく」

「……はい」

団欒室を出ると、リアムが手を差し出してエスコートしてくれる。それに甘えて、オフィーリアは廊下を歩く。

(話を聞いてもらえたからか、眠くなってきたわね……)

歩きながらうとうとしていると、隣から笑い声が聞こえてきた。

「オフィは歩きながら眠れそうだ」

「う……さすがに、そこまではしません」

「そうか？　でもまあ、眠いのならば運んでやってもいいが」

「きゃっ」

そう言って、リアムは軽々とオフィーリアを横抱《よこだ》きにしてしまった。あの細腕の、いっ

たいどこにこんな力があるのか。

「りりり、リアム様！　おろしてください!!」

「眠いのだろう？　素直《すなお》に甘えておけばいい」

「駄目《だめ》です、わたくしはフェリクス様の婚約者ですよ!!」

甘やかしてもらえるのは嬉しいかもしれないが、これはやりすぎだ。オフィーリアが抵《てい》抗《こう》すると、「まったく……」と言いながらも降ろしてくれた。

（こんな風に接しられたら、心臓が持たない……）

オフィーリアは自分の足が床につくと、先ほどよりも歩くスピードを上げた。それを見て、リアムがくつくつ笑った。


自室の前に着き、オフィーリアはリアムに礼を言う。

「ありがとうございました。……団欒室に、リアム様がいてくれてよかったです」

「オフィの心が軽くなったのなら、それでいい。まだ冷えるから、ちゃんと暖かくして寝るんだぞ？」

「はい。リアム様も、ちゃんと眠ってくださいね？」

「ああ」

オフィーリアとリアムは微笑みあい、同時に言葉が出た。

「おやすみなさい」

「おやすみ」

　──あと少しだけ、いい夢を。


　オフィーリアが部屋に入るのを見送って、リアムは踵《きびす》を返す。

「私も、もう少しだけ眠るか」

　もし目の下に隈《くま》でもあったら、オフィーリアに自分が話に付き合わせて眠れなかったのかと心配させてしまう。

「闇夜の蝶の声……か」

　オフィーリアには秘密でいいと言ったが──けれどこの先、オフィーリアがその力を使うときはきっとくる。

　そんな風に、リアムは思った。


　オフィーリアとリアムが話している時間、ダークも起きていた。

　自室で一人、森での出来事を考える。自分はどうしてオフィーリアを助けるようなことをしてしまったのだろう――と。

フリージアの巫女としての力をつける前に、殺さなければこちらの分が悪くなるというのに。

闇魔法でオフィーリアを殺せず、何度もチャンスを逃《のが》した。

ダークとフェリクスの剣の腕はほぼ互角《ごかく》で、今後はオフィーリアを殺すチャンスも少なくなってくるだろう。

「――チッ。森で上位種にやられるとき、助けなければ……今頃《いまごろ》は脅威《きょうい》である巫女を殺せてたっていうのに」

やれやれだと、ダークは肩をすくめる。

ダークを唯一《ゆいいつ》倒すことのできる力――それが、フリージアの巫女の聖属性魔法。

自分たちを、ひいては闇夜のプリンスを守るため、闇夜の蝶たちはフリージアの巫女を狙っているのだ。

「俺はどうしたんだ一体、余計なことを考えている場合じゃないんだ。このままだとオフィたちは学園に戻って、もう時間もなくなる」

そうしたら、闇夜の蝶たちがどんどん倒されてしまう。救いもなく、ただただ無情に殺されるだけ。

「――がいたら、救われるかもしれないが」

ぽつりと、ダークが呟《つぶや》く。

聞こえなかったその言葉は、ダークのもう一つの目的でもある。しかし、オフィーリアを殺すよりも難しいことかもしれない。

「この広い世界で、もし出会えたら……奇跡《きせき》だな」

ダークですら、そんな風に思ってしまう存在。

「もしそれが、オフィだったら――って、俺は何を考えてるんだ。オフィは俺たち蝶にとって、天敵みたいな相手だっていうのに」

あり得ない。

しかしダークの脳裏《のうり》に浮かぶのは、オフィーリアがフリージアの巫女であることを告げたときのフェリクスの言葉だ。

「全身全霊《ぜんしんぜんれい》をかけて、オフィを守る……か」

暗い部屋の中に、そのときの台詞《せりふ》がダークの口から紡《つむ》がれる。

「そして、闇夜の蝶と戦う――か」

つまりは、自分と戦うということだ。

　ダークは行儀《ぎょうぎ》悪くソファに寝転《ねころ》び、どうしたものかと考える。

「オフィは俺を殺す力――フリージアの巫女の聖属性を持つ」

　自分を殺す力を持つオフィーリアを始末するため、闇属性魔法を使い、グレゴールの友人の息子《むすこ》であると偽《いつわ》り養子縁組《えんぐみ》をしたというのに。

　それなのに、いまだにオフィーリアを殺せないでいる。日に日に闇夜の蝶たちは、フリージアの巫女を殺せと言うのに。

「……まあ、俺が蝶たちの願いを聞く必要はない」

　ないが――ダークにとって、オフィーリアが脅威であるというのは事実だ。

　寝転んだまま自分の手を上げて、自分は本当にオフィーリアを殺すことができるのだろうかと考える。

「だが、やらないといけない。俺も――所詮《しょせん》は、蝶だからな」

　そう言うと、ダークはソファから立ち上がった。

第五章　悲しみの声

まだ冬休み中ではあるが、オフィーリアたちはルルーレイク領の警備体制などを見直してから、学園へ戻《もど》ってきた。

それは、義兄《ぎけい》のダークから逃《のが》れるためだ。闇夜《やみよ》の蝶《ちょう》と会話をし、オフィーリアの命を狙《ねら》ってくる危険人物だ。

ただ、闇夜の蝶からオフィーリアを守ったこともあるため……その真意はいまいちわからない。

残りの冬休みの日数は少なかったけれど、ダークがいないということもあって、精神的にゆっくり過ごすことができた。


――が、そんな時間はあっという間に終わってしまった。

始業式が終わり、ホームルームの時間。
二年生のAクラス――リアムのクラスに、転入生がやってきたのだ。

「ダーク・ルルーレイクだ。よろしく」


そう、ダークが転入してきたのだ。

席に着いていたリアムは、わずかにその口の端《はし》をひきつらせる。さすがに、オフィーリアにとって危険な人物にまで無関心ではいられなかった。

「席は――リアム・フリージアの隣《となり》が空いているな」

「…………」

しかも、隣の席になってしまった。

(次期公爵《こうしゃく》のダークが、この学園に通わないはずがない――か)

オフィーリアも、仕える主人になるフェリクスだっている。そもそも、この学園の学力水準は王国一だ。

大貴族の令息《れいそく》と令嬢《れいじょう》のほとんどが通っている。

ダークはリアムの隣の席へ腰《こし》かけ、にっと笑った。

「どうぞよろしく、リアム様」

「……ああ」

これからかなり厄介《やっかい》なことになりそうだと、リアムはため息をついた。


「ええっ、お兄様がリアム様のクラスに転入……⁉」

オフィーリアは驚《おどろ》いて声をあげた。

――が、ダークは公爵家の養子となった。勉学のため学園に通うというのは、至極《しごく》当然のことでもある。

しかしオフィーリアはダークをどこか異質というか、別枠《べつわく》のように考えていた。そのため、貴族の令息として当然の、学園に通うということが頭から抜《ぬ》けてしまっていたのだ。

学園の一室に集まったオフィーリアたちは、リアムからことのあらましを聞いた。

「……ここにいれば安全かと思ったけれど、そんなことは全然なさそうね」

「授業中はリアムが見ているとして、そのほかの時間はダークを見張る人員を手配しておいた方がいいな……誰《だれ》か、騎士《きし》から見繕《みつくろ》おう」

オフィーリアが不安そうに呟《つぶや》くと、フェリクスがすぐに対応策を告げた。確かに見張りがいれば、多少は安心だろう。

「まあ、どれだけ意味があるかはわからないが」

というのも、ダークほどの強さがあれば簡単に見張りを巻くことができるからだ。しかしそこは、任務を与《あた》えられた騎士に頑張《がんば》ってもらうしかない。

「それで、ダークの様子はどうなんだ？」

クラウスの問いかけに、リアムは一言だけ返した。


「大人気だ」

大人気――★

（まあ、そうでしょうね）

あのルックスに、身分も頭の出来も魔法《まほう》の腕《うで》だっていい。あれなら多少の不愛想《ぶあいそう》や無礼だって、女子生徒からすればスパイスだ。

人気が出ないという方が難しいだろう。

ふいに、窓の外からきゃあきゃあと楽しそうな声が聞こえてきた。

「ねえ、とっても素敵《すてき》な転入生がいるのよ！」

「見ましたわ！　すらりとしていて、格好いい褐色《かっしょく》の男性でしょう？　わたくし、鍛錬《たんれん》場《じょう》ですごい魔法を使っているところを見ましたの！」

「わたくしも見ましたわ！」


いったい、いつの間にこんな状況《じょうきょう》になってしまったのか。

「……頭が痛いわ」

まだ授業も始まっていないというのに、どうやらダークの噂《うわさ》で持ち切りのようだ。

ダークはホームルームが終わったあと、生徒に向けて自分の存在をアピールしていた。

直接的な方法ではなく、さりげなく。

たとえば鍛錬場で魔法を自主練し、体を動かしすごさを見せつけるといった具合だ。

ダークは立っているだけでも絵になるので、そんなことをすれば一瞬《いっしゅん》で注目されるのは当然だった。

「女子生徒のほとんどが、お兄様の味方になってしまいそうな勢いだわ……」

転入初日から、ダークはすっかり有名人になってしまっていた。

天井《てんじょう》から吊《つ》るされた豪華《ごうか》なシャンデリアに、優雅《ゆうが》なオーケストラの演奏。きらびやかなドレスに、楽しそうな笑い声。

色鮮《あざ》やかなドリンクに、美味《おい》しそうな料理。新年が来たことを祝うパーティーは、毎年盛大《せいだい》に行われている。

その夜、フィールズ王立学園の新年のパーティーが開催《かいさい》された。

生徒たちがパーティーを楽しんでいる裏で、オフィーリアは手のひらに人という字を書いて飲み込んでいた。

今からフェリクスと入場し、そのまま歌を披露《ひろう》するという流れになっているのだ。

オフィーリアとフェリクスは、白を貴重とした、揃《そろ》いのデザインの正装。

薔薇《ばら》をあしらった装飾品《そうしょくひん》に、肩《かた》の出たドレス。レースには細やかな刺繍《ししゅう》が施《ほどこ》されていて、オフィーリアのコバルトブルーの髪《かみ》を引き立てている。

フェリクスはルビーをあしらった装飾品をつけており、その色はオフィーリアを引き立たせる。上品に着こなすその姿は、とても絵になる。

（頑張って練習したけど、上達したかって言われると……ね）

正直、練習と成果が釣《つ》り合《あ》っていない。

「オフィ、手が震《ふる》えてる」

「あ……」

フェリクスに指摘《してき》され、オフィーリアは顔を赤くする。今から出番だというのに、こんな状態ではフェリクスのパートナーが務まらない。

「すみません、わたくし――」

「別に責めているわけじゃないから、落ち着いて。誰だって、全生徒の前でうたうとなったら緊張《きんちょう》もする。もちろん、私だって」

「フェリクス様も？」

王太子であるフェリクスは、いつどんな場面でも堂々とした立ち居振舞《ふるま》いをしている。そのため、あまり緊張しないのでは……と思っていたが、そんなことはなかったようだ。

「……もちろんするよ、緊張くらい」

そう言ったフェリクスは、どこか企《たくら》むような笑《え》みを浮《う》かべている。全然、緊張しているようには見えなくて。

その理由は、次の言葉でわかった。

「だから、私にもオフィの手のひらに書いた人の字で落ち着かせて？」

「え？」

フェリクスはそう言うと、オフィーリアの手のひらに指先で人という文字を書いて、口づけた。

オフィーリアの手のひらに書いた人という文字を、飲み込んだのだ。

「わわっ、くすぐったいですフェリクス様っ」

「そう？　私はとっても落ち着いたよ」

くすくす笑って、フェリクスはオフィーリアの手のひらを堪能《たんのう》する。手の甲《こう》に口づけるということはあるけれど、手のひらというのはなかなか機会がない。

「あ、オフィも私の手のひらに人って書く？」

同じようにしていいよというと、オフィーリアの顔が茹蛸《ゆでだこ》のように赤くなった。まるで、一瞬で沸騰《ふっとう》したかのようだ。

「そ、そんなことできません！」

恥《は》ずかしくて無理ですと、オフィーリアが声をあげる。

「残念。じゃあ、それはまたの機会に取っておこうかな」

「フェリクス様……っ」

また今度と言われても、困ってしまう。

（そもそも、こんな舞台袖《ぶたいそで》ですることじゃないのに！）

絶対誰かに見られていたと、オフィーリアは周囲を見回す。……が、死角になっていたためそれは杞憂《きゆう》だったようだ。

「緊張はほぐれた？」

「あ……」

フェリクスの言葉で、確かに先ほどまでの緊張が解けたことに気づく。

「よかった」

当たり前のことだから、堂々としていればいい。そう言って、フェリクスは微笑《ほほえ》んだ。


オフィーリアとフェリクスが披露するのは、国歌だ。

男女のハーモニーが美しい曲で、建国当時から国民に愛され歌い継《つ》がれている。式典などでよく歌われるため、耳に馴染《なじ》んでいる。

（その分、みんなが知っているからミスしたらすぐばれちゃうのよね……）

いっそマイナーなものや新曲であれば、オフィーリアの歌声の善《よ》し悪《あ》しもわかりにくくてよかったのでは？　なんて考えてしまう。

それからしばらくして、司会者からフェリクスとオフィーリアの紹介《しょうかい》がされた。ついに出番がやってきた。

　舞台の袖に立っている時間は、もう終わりだ。

「お手をどうぞ」

「ありがとうございます、フェリクス様」

　フェリクスにエスコートしてもらうと、自然と体の力が抜けてリラックス状態になれる。

（やっぱり、フェリクス様の隣は落ち着く）

　闇属性であることを秘密にすることにしてから、どうにも落ち着かなかった。けれど、段々いつも通りに過ごせるようになってきた。

（今日からまた学園生活が始まったんだもの）

　フェリクスの婚約者《こんやくしゃ》として、そして近々発表されるであろうフリージアの巫女《みこ》として、恥ずかしくないように過ごそう。


　オフィーリアとフェリクスが袖からステージへ歩きだすと、盛大な拍手《はくしゅ》に迎《むか》えられた。わっと沸《わ》く会場に、心臓がドギマギしてしまう。

（大丈夫《だいじょうぶ》、あんなに練習したんだもの！　きっと歌いきれる‼）

「ララ、ラ～♪」

　歌い出しは、フェリクスの艶《つや》やかな低音ボイス。そしてそれにかぶせるのは、オフィーリアのソプラノボイス。

「ら～♪」

（出だし、ちゃんと音取れた……!!）

練習で何度も失敗していたところなので、純粋《じゅんすい》に嬉《うれ》しい。思わずぱっと表情を輝《かがや》かせてフェリクスを見ると、嬉しそうにこちらを見ていた。

「――！　っ、ら、ら、ら～♪」

その笑顔《えがお》の眩《まぶ》しさに、一瞬うたうのを忘れてしまうところだった。危ない危ないと、オフィーリアはうたうことに集中した。


パーティー会場では、リアム、エルヴィン、クラウスの三人が一緒《いっしょ》にいた。

同じく生徒として参加しているダークのことは、何かしないように横目で見張っている。

しかし今のところ、なんの動きもない。

しばらくすると、オフィーリアとフェリクスの歌が始まった。

「ほう……オフィは、だいぶ上達したな」

「え」

「…………」

クラウスがオフィーリアの歌声に感心すると、エルヴィンが思わず声をあげた。リアムにいたっては、無言だ。

エルヴィンは頭をかきながら、冬休み中のことを思い出す。

「代表とはいえ、いやに熱心に歌の練習をしていると思っていたら……そういうことか」

お世辞にも上手《うま》いと言えないが、これでかなり上達したレベル。とすると、冬休み中のオフィーリアはどれだけ歌が下手《へた》だったのか。

エルヴィンがなんとも言えない苦い顔をしていると、クラウスが苦笑《くしょう》する。

「歌の練習中は立ち入り禁止だったからな」

「そう、そうなんだよ！　俺は聴《き》かせてもらえるかもとか、楽しみにしてたのに！」

パーティーで最高のものをお披露目《ひろめ》するための立ち入り禁止かと思っていたが、本当に下手だったからとは……。

でも、まあ。

エルヴィンは笑って、「ちょうどいいんじゃね」と軽く言う。

「女の子っていうのは、何かしら欠点があった方が守ってあげたくなるもんさ」

オフィーリアの場合は、魔法と歌だ。なんとも可愛《かわい》らしいではないかと、エルヴィンがウインクする。

しかしそれに、クラウスが「わかっていないな」と言う。

「私は別に、オフィの歌であればどんな歌でも構わないさ。懸命《けんめい》にうたう彼女は、誰より輝やいている」

「あー……、はいはい。本当にオフィが」

好きだな——と、そうエルヴィンが続けようとした瞬間《しゅんかん》、ソレは起こった。

「きゃあああぁっ」

「うわっ、なんだこれ‼」

「どうなっているんだ！　警備を担当している騎士たちはどうしたんだ‼」

『きゃきゃきゃっ！』

一瞬で、様々な声が入り混じった。

どこからともなく会場に入ってきた大量の闇夜の蝶が、生徒たちに襲《おそ》いかかってきたのだ。その数は軽く百匹《びき》を超《こ》えているだろうか。

その突然《とつぜん》のできごとに、混乱が起きる。

パーティー会場は阿鼻叫喚《あびきょうかん》の巷《ちまた》と化し、誰もが我先にと逃《に》げ出《だ》していく。しかし逃げる先にも闇夜の蝶が待ち受けていて、多くの生徒たちがもやにやられている。

リアムたちが慌《あわ》ててダークに視線を向けると、忽然《こつぜん》と姿を消していた。

オフィーリアとフェリクスは、すぐにリアム、エルヴィン、クラウスと合流する。どうにかして、闇夜の蝶を倒《たお》さなければ学園が滅《ほろ》ぼされてしまう。

この騒《さわ》ぎを聞きつけ、すぐに学園の警備も駆《か》けつけてくるだろう。

「いったいどうなっているんだ、私の剣《けん》は――」

「それなら、俺が持っています！」

エルヴィンは自分の剣とほかに、フェリクスの剣も持っていた。フリージアの巫女であるオフィーリアを、何があっても守るために帯剣《たいけん》していたのだ。

「ダークは見失った。さっきまでいたが、今はどこにいるか不明だ」

リアムが現状を説明すると、フェリクスは頷《うなず》いた。

ぎりっと唇《くちびる》を噛《か》みしめ、クラウスが闇夜の蝶の識別をしていく。

「ひとまず戦うことはできそうだが、この量……どうにかできるのか？」

通常の闇夜の蝶だけでこれだけの数がいるのだから、かなりの数の上位種がいるとみていいだろう。

「闇夜の蝶全体の数は不明だが、この一帯で目視できる上位種は五体だ」

「「「五体!?」」」

かなり厄介な数字に、オフィーリアは声をあげる。二体だって苦戦したのに、自分たちで五体も倒せるのだろうか。嫌《いや》な汗《あせ》が背中を伝う。

（それでも、戦うしかないのよね……）

オフィーリアは着ていたドレスの裾《すそ》を、膝丈《ひざたけ》になるまで破く。これで、全力で走ることができる。

「闇夜の蝶を倒しながら、逃げ遅《おく》れている生徒を助けましょう！」

「ああ！」

オフィーリアの声を合図に、前衛のフェリクスとエルヴィンが走る。

近くの闇夜の蝶を倒し、ふらふらしている男子生徒の下へ。どうやら、わずかにもやにやられたようだ。

「オフィ！」

フェリクスの声に、オフィーリアは「はい！」と返事をする。すぐに男子生徒の下へ行き、【癒《いや》しの祈《いの》り】でそのもやを浄化《じょうか》させる。

目立った外傷はないので、怪我《けが》はしていないようだ。

「ふぅ……これで大丈夫だと思います」

「よし！　立って逃げられるか？」

フェリクスは男子生徒を肩で支え、迫《せま》ってくる闇夜の蝶を倒す。上位種でなければ、フェリクスの剣で瞬殺《しゅんさつ》だ。

男子生徒は足元がおぼつかないものの、一人で立ってみせた。

「走るのは厳しいですが、歩くだけなら大丈夫です。まさかフェリクス殿下《でんか》に助けていただけるとは……っ！」

「当然だ。この学園の、国民を私が見捨てる訳がない」

感激する男子生徒に、フェリクスは微笑む。ここに怖《こわ》いものは何もない、全員助けてみせる、そんな思いを乗せて。

『きゃきゃ！』

「うわっ！」

横から闇夜の蝶がやってきて、フェリクスが剣で倒す。さらにやってきた二匹目は、リアムが魔法で倒した。

「——すまないが、ほかの生徒も助けて避難《ひなん》させたいんだ」

「もちろんです！　助けていただきありがとうございました、フェリクス様。どうか、ご武運を！」

「ああ」

男子生徒に避難できそうな道を教え、オフィーリアたちは次の生徒のところへ行く。中には魔法で応戦している者もいて、そういう人には避難を手伝ってもらう。

（普通《ふつう》の闇夜の蝶だけなら、ほかの生徒たちでも応戦ができそう）

問題は、複数いる上位種だ。

今のところオフィーリアたちに襲いかかって来てはいないけれど、様子を窺《うかが》っていることはわかる。

上位種はひとまず置いておいて、逃げ遅れ、怪我をしている人の下へ走った。闇夜の蝶を本格的に倒すのは、その後だ。

警備の兵士、戦える生徒たちに協力してもらい、パーティー会場全員の避難が終わった。今いるのは、オフィーリアたちだけだ。

幸いなことに、重傷者は出ていない。防御《ぼうぎょ》魔法を使える生徒などもいたので、守りが固かったというのも理由の一つだろう。

しかし、闇夜の蝶が大量にいるので、オフィーリアたちに休む暇《ひま》はない。息を切らしながら、闇夜の蝶に立ち向かう。

「フェリクス様に、【剣の祈り】と【盾の祈り】を！」

オフィーリアは魔法を使い、戦闘《せんとう》の補助も行う。フェリクスに続き全員にかけたので、戦力はかなりアップしたはずだ。

（あとは、戦いの隙《すき》を見て攻撃《こうげき》魔法を使う……！）

自分の攻撃魔法であれば、上位種も倒すことができる。今はそれを狙いつつも、闇夜の蝶が大量発生した原因を突《つ》き止《と》める必要がある。

「絶対に負けないわ！　【浄化の祈り】！」

オフィーリアも魔法を使い、闇夜の蝶を倒していく。

「――！　エルヴィン、クラウス、来るぞ‼」

フェリクスが声をあげるのと同時に、二体の上位種がこちらに向かって攻撃してきた。

その威力《いりょく》は、森で戦った個体よりもずっと強い。

「ぐ……っ！」

「うっ」

エルヴィンはどうにか剣で受け止めるも、一歩後ろに後ずさる。パワーが凄《すさ》まじく、馬鹿正直に正面から受けていたら体がもたない。

クラウスは後ろへ吹《ふ》っ飛《と》んでしまった。

「っ、クラウス様‼」

オフィーリアはすぐに駆け寄って、癒しの魔法を使う。しかし、闇夜の蝶の数が多く、思いのほか――いや、かなり苦戦を強《し》いられる。

「もっと、もっと強い魔法が……わたくしに力があれば乗り切れるかもしれないのに！」

しかし次の瞬間、体に衝撃《しょうげき》が走り横に吹っ飛んだ。自分のいた場所を見ると、リアムが上位種の攻撃を受けていた。

「リアム様‼」

オフィーリアは目を見開いて、叫《さけ》ぶ。

上位種がオフィーリアに攻撃しようとして、それを庇《かば》うためにリアムがオフィーリアを横に突き飛ばしたのだ。

闇夜の蝶の上位種の鋭《するど》い攻撃が、リアムに深く突き刺《さ》さる。

「ぐ……っ、私は大丈夫だ。それよりも、オフィ！　フェリ、クス殿下の、援護《えんご》を」

リアムの苦しそうな声に、血の気が引く。

血のついたリアムの指が――フェリクスの方向を指す。

それを追うようにオフィーリアも視線を動かすと、フェリクスもリアムと同じように攻撃を受けたようで、地に片膝をついている。

「フェリクス様……!!」

――嫌だ。

目の前の光景に、頭が真っ白になる。どうすればいい？　フェリクスを助けるために、自分ができる最上の判断は何かと必死に考える。

かといって、癒しをかけて怪我を治すことや、防御魔法をかけ続ける余力がない。

「うぐ……っ」

「フェリクス様!!」

オフィーリアが考えている間に、フェリクスの体が吹っ飛んだ。

どうすれば――そう考えるオフィーリアの耳に、闇夜の蝶の声が聞こえてきた。見ると別の闇夜の蝶が三匹、集まって話をしていた。

『きゃきゃっ！　殺セソう！』

『誰から殺す？』

『ウ～ん、きゃきゃきゃっ、王子！』

『『『そうシよう！』』』

その言葉を聞いて、咄嗟《とっさ》にオフィーリアは叫ぶ。

「やめて、駄目《だめ》！　そんなこと、絶対にさせない!!」

オフィーリアの叫び声は、闇夜の蝶であふれているにもかかわらず、とても澄《す》み、透《す》き通《とお》ったその声は会場の隅々《すみずみ》まで届いた。

『巫女が何カ言ってル』

『ソンナの、知ラナいよ～！』

「フェリクス様に手を出すなんて、許さない……っ」

それを見たリアムは、やはり自分から闇属性であることをバラしてしまったかと苦笑する。けれど、それもオフィーリアらしい。

「え、オフィ？」

「何が駄目だと言うんだ……？」

エルヴィンとクラウスは困惑《こんわく》した様子で、オフィーリアと闇夜の蝶を見る。

なぜならオフィーリアが『やめて』と叫んだ闇夜の蝶は、攻撃しようとしていたわけではないからだ。

会場がしんと静まり返り、耳が捉《とら》えたのは息を呑《の》む音と――

「オフィ……まさか、闇、属性……？」

嗄《かす》れたようなフェリクスの声。

――ああ、ばれてしまった。

オフィーリアはぎゅっと拳《こぶし》を握《にぎ》る。今、フェリクスを見る勇気はないので、オフィーリアはその視線を彷徨《さまよ》わせた。

（やっぱり、わたくしに秘密なんて向いてなかったのよ）

もっと早く、ちゃんとフェリクスに伝えておけばよかった。そうすれば、こんなに胸が押しつぶされそうになることもなかったのに。

けれど、今更後悔《いまさらこうかい》をしても遅《おそ》い。

「闇夜の蝶……どうしてあなたたちは人間を襲うの。目的はあるの？」

『……別ニ』

『人間なんテ、ダイッキライ！』

どうやら、理由はないらしい。

「それなのに、人間を襲うというの……？」

オフィーリアは、唇を噛みしめる。

しかし話をしている途中《とちゅう》で、闇夜の蝶が身を引いた。いったい何事かと思えば、ダークがオフィーリアの方へ歩いてきていた。

闇夜の蝶は楽しそうに『きゃきゃっ』と笑い、ダークの周りを飛んでいる。

突然、大量の闇夜の蝶が現れおかしいと思っていたが、その様子を見る限りダークが犯人だったようだ。

「なるほど、なるほどなぁ……盲点《もうてん》だった」

「……っ、お兄様！」

「オフィは闇属性——だから、俺の攻撃が効かなかったのか‼」

謎《なぞ》が解けたダークは、すっきりした様子で笑う。

「まさか聖属性持ちのフリージアの巫女が、闇属性だったなんて。いったい誰がそんなことを想像する？　気づくわけがない」

ダークがオフィーリアの下まで歩いてきて、その腕を引っ張った。

「きゃあっ」

「——チッ。せっかくの闇属性だから生かしておきたい気もするが、聖属性の方がずっと脅威《きょうい》だから当初の予定通り始末させてもらう」

そう言ったダークは、その手に短剣《たんけん》を握っていた。オフィーリアに魔法が効かない対策として、準備していたようだ。

ダークの短剣が、オフィーリアの首筋に当てられる。その瞬間、フェリクスの悲痛な声が会場に響《ひび》く。

「――――ッ!!」

リアム、エルヴィン、クラウスもわずかな意識で、オフィーリアに目を向けた。全員がオフィーリアを助けたいと思っているのに、誰もオフィーリアの下へ行くことが叶《かな》わない。

このままでは本当に、バッドエンドだ。

（嫌だ、死にたくない――）

悪役令嬢として生まれ、けれど懸命に生きてきた。前世を思い出して、幸せに生きるという決意もした。

それは、何者も妨《さまた》げていいものではない。

「わたくしは、何があっても強く生きると決めたのよ！」

オフィーリアが叫んだ瞬間、体の周りにパチパチと星のはじけるような光が現れ、その光は右肩で華《はな》が咲《さ》くような大きな光になった。

輝きは右腕をくるりと一周し、茨《いばら》と、つぼみの印になった。

縋《すが》る思いからか、それとも無意識だったか――オフィーリアは、助けを求めた。いや、正確には『命令』した。

「わたくしを助けなさい……っ！　闇夜の蝶!!」

「何っ!?　これは――っ!!」

オフィーリアが叫ぶと、オフィーリアを守るために闇夜の蝶が一斉《いっせい》に集まってきた。ダークは驚き、目を見開いた。

『きゃきゃっ！』

『プリンセス、守《まも》ル！』

闇夜の蝶たちはダークの体を掴《つか》み、オフィーリアから離《はな》そうとする。ダークの攻撃からオフィーリアを守ろうとしているのだ。

すると、ダークは「もう攻撃はしない」と両手を上げて見せる。

「だから俺から離れろ」

『……わかッタ』

闇夜の蝶たちはオフィーリアが攻撃されないとわかると、すぐにダークから離れた。

「は、はぁ……」

オフィーリアはどっと疲《つか》れたような倦怠感《けんたいかん》に襲われつつも、ダークから逃げるチャンスは今しかないと考える。

(どうしてこうなったのかは、よくわからないけれど——)

驚くダークから逃れようとして、しかしオフィーリアは伸《の》びてきたダークの腕に腰を抱《だ》き寄せられるかたちで摑まってしまった。

「……っ、お兄様!」

「奇跡《きせき》、か」

ダークはそう言うと、にやりと笑ってオフィーリアの唇を奪《うば》った。

「——んっ⁉」

まったく予想もしていなかったキスに、オフィーリアは思考が止まる。

しかしどうにか抵抗《ていこう》しなければと暴れるが、力でダークに敵《かな》うわけがない。ダークの胸を叩《たた》いて逃れようとするが、びくともしない。

(嫌、フェリクス様が見てるのに‼)

「んんっ、ん〜〜っ！」

しばらくして唇が離れ、息が乱れる。

ひどく満足そうなダークの表情に、オフィーリアは恐怖《きょうふ》を覚える。つい先ほどまで、殺そうとしていたのに。

「オフィが、俺の捜《さが》していた闇夜のプリンセスだったとはな」

まさか思ってもみなかったと、ダークが告げる。

「——っ⁉」

（闇夜のプリンセス⁉）

ダークの言葉に、オフィーリアは驚く。しかし、闇夜のプリンセスなんていう言葉は、まったく知らない。

「オフィ、俺の伴侶《はんりょ》になれ。そうすれば、世界を俺たちのものにできる」

もしここでダークの手を取ったら、彼のルートになるのだろうか。そんなことが脳裏《のうり》を一瞬よぎるけれど、オフィーリアにはフェリクスがいる。

「わたくしは、フェリクス様と一緒に平和な世界を作るの！」

絶対に嫌だと、オフィーリアは強い意志を持ってダークのことを否定する。しかし力づくで腕を引っ張られて、また、ダークに摑まってしまう。

嫌だ——そう思った瞬間、ふわりと、大好きな香りが鼻をくすぐった。

「私の婚約者に、汚《きたな》い手で触《さわ》るな」

「フェリクス様……！」

傷だらけになったフェリクスが、ダークの手を払《はら》い、オフィーリアの腰を抱き寄せた。

フェリクスは剣の切っ先をダークの喉元《のどもと》に当て、睨《にら》みつける。ピリピリしたひどく重い空気は、一歩でも動けばそのまま切るというフェリクスの意思の表れだ。

しかし、ダークは大きく後ろに跳《と》んで距離《きょり》を取った。

「ははっ、怖い婚約者だな」

「ダーク!!」

フェリクスが吠《ほ》えるが、ダークはもうオフィーリアたちの相手をするつもりはないようだ。パチンと指を鳴らし、すべての闇夜の蝶たちを自分の下へ集結させる。

「今日のところは、退散してやるよ。目的の相手もわかったことだし——な」

「な、待て――！」

フェリクスが逃げようとするダークに向かい剣を投げつけたが、それが当たるよりも先にダークは闇に紛《まぎ》れて消えてしまった。

「くそ……っ！」

「フェリクス様、それより先に手当を！　【癒しの祈り】!!」

「……ありがとう、オフィ。助けるのが遅くなってごめん」

フェリクスはオフィーリアのことをぎゅっと抱きしめ、指先でオフィーリアの唇に触《ふ》れる。あんな奴《やつ》に奪われるなんて、はらわたが煮《に》えくり返りそうだ。

「とりあえず、消毒」

「――！」

ちゅっとフェリクスにキスをされ、ダークのキスを上書きされた。

（ああもう、大好き……）

オフィーリアもフェリクスに抱きつこうとして――「オフィ」という自分を呼ぶエルヴィンたちの声にハッとする。

「ああっ、ごめんなさいすぐに治癒《ちゆ》魔法を使います!!」

二人の世界に浸《ひた》っている場合ではない。

オフィーリアは慌ててほかのみんなに治癒魔法をかけた。全員が満身創痍《まんしんそうい》ではあるが、ひとまず今回の戦いが終わったことに安堵《あんど》の息をついた。


学園にある一室に、オフィーリアたちは集まっていた。

「まさか、新年パーティーに関わった人たち全員の記憶《きおく》がなくなっているなんて……」

――そう。

大量の闇夜の蝶が新年パーティーを襲ったという記憶は、オフィーリアたち以外残っていなかったのだ。

「絶対にダークの野郎《やろう》の仕業だろ」

「まず間違《まちが》いないだろう」

エルヴィンの言葉に、クラウスが同意する。

「しかし、記憶操作ができるとなると……私たちが想像していた以上に、ダークは強い。その能力は、計り知れない」

「「「…………」」」

クラウスの言葉に、部屋の雰囲気《ふんいき》が沈《しず》む。

　しかし、クラウスはそれを気にすることなく言葉を続ける。

「……そもそも、ダークとは何者なのかという問題もある。人間か？」

「「「──!!」」」

　クラウスの言葉に、全員に緊張が走る。

　沈黙《ちんもく》が落ち、それに耐《た》えかねたエルヴィンが「いやいやいや」と首を振った。

「そりゃあ、人間なんじゃないのか？　だって、闇夜の蝶は──あ」

「そうだ。闇夜の蝶は、私たちと同じ人形《ひとがた》。サイズこそは違《ちが》うが、上位種になるほど大きくなっていく」

　もし、最強の闇夜の蝶が生まれたとしたら──人間と同じくらいでも不思議はないだろうとリアムが告げる。

「それにダークは立ち去るとき、闇に溶《と》けるように消えた。……人間に、そんな芸当ができるか？」

　クラウスが、ダークが消えたときのことを思い出して説明する。

「それは……」

　エルヴィンはごくりと唾《つば》を飲み、小さく震える。

　その予想が本当だとしたら、あまりにもダークという存在は大きすぎる。闇夜の蝶の上位種ですら、オフィーリアの聖属性魔法がなければ倒すのも厳しいというのに。

「私も神官として、可能な限り調べてみる。今はひとまず、様子を見るほかない」

リアムの言葉に、一同が頷く。


しかし、まだまだ問題は山積みだ。

クラウスがオフィーリアを見て、再び口を開いた。

「オフィ」

「はい？」

「ダークの言っていた闇夜のプリンセスというものに、心当たりは？」

「——……」

ひゅっと、オフィーリアは息を呑む。

（そうだ、わたくしはお兄様にキスをされて……プリンセス、と……）

しかし、闇夜のプリンセスなんていう単語はゲームでも出てこなかった。闇夜という単語がついているので、闇夜の蝶と関連があるとは思うのだが……。

オフィーリアはゆっくり首を振り、何も知らないことを示す。

しかし、新年のパーティーの戦いで、オフィーリアの体に変化が起きた。オフィーリアは上着を脱《ぬ》いで、右の袖を肩までまくった。

「お兄様がわたくしへの見方を変えたのは、肩にこの印が浮かんでからです」

「それは……茨と、つぼみ？」

フェリクスはじっと見つめ、そういえばオフィーリアの体が黒く輝いていたことを思い出す。そのときに現れたのが、この印だったのだろう。

「私たちの象徴《しょうちょう》がフリージアの巫女の印のように、ダークたちにも同じようになんらかの象徴があった……ということか」

「おそらく、そうでしょうね」

クラウスがフェリクスの言葉に同意し、オフィーリアの腕の印を絵に描《えが》いてメモする。この印に関して、調べるのだろう。

「オフィ、何か変化があればすぐに教えてくれ」

「――はい」

クラウスの言葉に、オフィーリアは頷いた。


そして、これとは別に言わなければならないことがある。

オフィーリアは唾を飲みこんで、気持ちを落ち着かせる。気づかれないようにゆっくり深呼吸して、全員の顔を見る。

「フェリクス様、クラウス様、エルヴィン様」

「「「――？」」」

「あの、ええと……わたくしが闇夜の蝶の言葉がわかることを……黙《だま》っていてごめんなさい。本当は水属性ではなく、闇属性だったんです」

だから、フェリクスには相応《ふさわ》しくない——もしかしたら、嫌悪《けんお》の対象にすらなってしまうかもしれない。

そう考えたら、フェリクスの顔を見ることができなかった。

オフィーリアは席から立ち上がり、勢いよく頭を下げた。こんなこと、もしかしたら土下座をしたとしても許してもらえないかもしれない。

そう思ったら、どんどん腰が低くなり膝が床についた。

このまま土下座をしてしまおう、オフィーリアがそう思った瞬間、「何をしてる！」と、慌てたフェリクスに腕を掴まれた。

「あ……」

「いや……オフィに謝らなければいけないのは、私か。私が闇夜の蝶の声を聞きたくないと言ったから、話せなかったんだろう？」

リアムだけは知っていたみたいだがと、フェリクスはちらっとリアムを睨んだ。まあ、リアムとしてはそんなことはまさに無関心、だが。

「………はい」

「ああ、やっぱり。私が闇夜の蝶の声を聞きたくないと言ったのは、戦う相手の声を聞きたくない、というニュアンスに近いんだ」

　フェリクスの説明に、オフィーリアはぱちくりと目を見開く。

「戦っているとき、闇夜の蝶が痛がったら、命乞《いのちご》いをしたら、泣きわめいたら――そんなことを考えたら、声なんて聞けない方がいいと思ったんだ。私も、戦闘に慣れていないオフィはなおさら」

　オフィーリアは、てっきり闇夜の蝶の声が聞こえるなんて気持ち悪いから、という風に解釈《かいしゃく》していた。

（こんなに優《やさ》しい理由だったなんて……）

　自分はなんて愚《おろ》かな勘違《かんちが》いをしてしまったのだろうか。

「うう、穴があったら入りたいわ」

　両手で顔を隠《かく》しながら、オフィーリアはテーブルに顔を突《つ》っ伏《ぷ》す。

「ごめんなさい……」

「顔を上げて、オフィ。ちゃんと説明しなかった私が悪いだけだ」

「フェリクス様……」

　いい子いい子と、フェリクスがオフィーリアの頭を撫《な》でて慰《なぐさ》めてくれた。

「今回のことでわかったことは、三つか」

クラウスが指を立て、一つずつ説明していく。

「まず一つは、オフィが闇夜のプリンセスだということだ。ただ、この詳細《しょうさい》については右腕に印が出たこと以外は何もわかっていない」

「次に、オフィが闇属性で闇夜の蝶の声を聞けるということ」

クラウスに続いて、フェリクスも指を折る。

確かにこの二つは今回の件に関して、重要な情報だ。

（あれ？　でも、そうなると三つ目は何かしら）

闇夜の蝶と戦っている間は必死だったため、実は覚えていることは少ないのだ。がむしゃらに前に進み、生徒の治療《ちりょう》と避難するようにという声がけに専念していたから。

オフィーリアが何も思い当たることはないと思っていたとき、クラウスの言葉で思考が停止した。

「三つ目は、オフィが闇夜の蝶を従えることができる可能性だ」

「ええっ⁉　わたくしにそんな力が⁉」

驚いて声をあげると、「先ほどやっただろう？」とクラウスが言う。その言葉に、フェリクスたちも頷いた。

オフィーリアが闇夜の蝶に助けを求めたら、体を張ってダークの攻撃から守っていたのは全員が見ている。

「それが、夢中だったのであんまり覚えてないんです」

「ああ、そうか……」

オフィーリアが正直に告げると、クラウスが簡単に説明してくれた。どうやら、自分は本当に本気で闇夜の蝶を従えていたようだ。

「自分が信じられない……」

「仮定として――」

「リアム様？」

静観していたリアムがオフィーリアを見て、口を開いた。

「闇夜のプリンセスというのは、闇夜の蝶を操《あやつ》れる者のことを言うんじゃないのか？」

「「――!!」」

言われてみれば、タイミングとしてはピッタリ一致《いっち》している。

（でも、どうしてわたくしにそんな力があるの？）

闇夜の蝶がオフィーリアの命令を聞くというのであれば、世界は一瞬で平和になるだろう。

（それは、いいことかもしれない……けど）

「オフィ、余計なことは考えないように」

「もっ、もちろんです！」

考えを見透《みす》かしたようなクラウスの一言に、オフィーリアはしゃきっと背筋を伸ばす。

大丈夫、勝手なことをするつもりはない。

「まあ、仮定なんでそこまで本気にしなくてもいい。けれど、ダークは間違いなくオフィを狙ってくるから、絶対に一人にならないよう気をつけて」

「はっ、はい！」

「間違っても自分から話しかけにいって、情報を得ようとしないこと」

「それくらい、わたくしだってわかってるわ！」

オフィーリアは頰《ほお》を膨《ふく》らめて、そんなに馬鹿ではないと主張した。

すると、フェリクスが「よかった」と微笑んだ。

「それだけ元気なら、ひとまずは大丈夫そうだ。ダークは監視《かんし》を継続《けいぞく》して、常に行動を見張るようにしておく」

新年会の際もダークに見張りはついていたけれど、どうやら巻かれてしまっていたようだ。これからは、人数を増やすとフェリクスが言う。

「——はい」

「これから、オフィは今まで以上にダークに狙われるだろうからね」

何かあれば、すぐに全員で情報共有を。

ひとまずの取り決めをし、この場は解散となった。


授業が始まって数日後、オフィーリアがフェリクスと一緒に廊下《ろうか》を歩いていると、前からやってきたダークとばったり鉢合《はちあ》わせてしまった。

（うわ……）

なんというタイミング。

オフィーリアは頭を抱《かか》えたいのをぐっと我慢《がまん》して、笑顔を作る。

「おはようございます、お兄様。まさかこんなところで会うなんて、奇遇《きぐう》ですね」

オフィーリアのこの言葉を貴族語から直すと、『二年生のくせに一年生の廊下を歩いているんじゃない！』である。

「せっかく学園に編入したんだ。たまには妹と交流を持つのもいいと思ってな」

どうやら、一年生の廊下に来たのは偶然《ぐうぜん》ではなかったようだ。

ニヤニヤしているダークを見て、フェリクスがオフィーリアの前へ出る。連れ攫《さら》われないように、ぎゅっと手も繋《つな》いで。

フェリクスのその気遣《きづか》いに、少しだけドキドキしてしまう。そんなことを考えていられる状況ではないのに。

「いい加減にしないか、ダーク。お前の目的は、いったいなんだと言うんだ」

言いたいことがあるのであれば聞こうと、フェリクスが告げる。

「目的、ねぇ。最初は手っ取り早く学園でオフィを殺そうと思ったけど――事情が変わったんだ。俺はオフィがほしい。俺の番《つがい》――伴侶になれ、オフィ」

「ふざけないで！　わたくしはフェリクス様の婚約者だし、そもそもわたくしたちは兄《きょう》妹《だい》だから結婚《けっこん》なんてできないわ！」

「そんなの、私が許すはずないだろう」

オフィーリアとフェリクスは、二人でダークのことを睨みつけ――

瞬間、視界が反転した。

学園にいたはずのオフィーリアとフェリクスは、今の一瞬で違う場所にいた。深い霧《きり》のかかった、森の中だ。

「え……っ⁉　ここは？」

オフィーリアが戸惑《とまど》いながら周囲を見ると、黒い霧か、もやが集まっていく場所があった。なぜだかわからないが、それから目を離せない。

「このもやは、闇夜の蝶のもや……か？」

「あれは闇夜の蝶……？」

「いや、わからない。感じ取れる魔力《まりょく》というか、波長のようなものが似ているんだ」

フェリクスも周囲を見渡《みわた》して、しかしこんなことをした当の本人であるダークを見つけることができない。いったいどこにいったのか。

「ダーク！　どこにいるんだ‼」

「お兄様⁉」

しかし、呼んでも返事はない。

どうしたものかと考えていると、小さな『きゃっ』という声が耳に届いた。

フェリクスは咄嗟に魔法を唱え、オフィーリアを背に庇う。――が、そこに闇夜の蝶の姿はない。

「闇夜の蝶⁉」

「どういうことだ……？」

フェリクスが周囲を警戒《けいかい》していると、先ほどのもやの集まりに変化があった。

「フェリクス様、あのもや！」

「ん？」

黒いもやが集まって――闇夜の蝶が、生まれた。

「俺たち闇夜の蝶は、ああやって生まれるんだ」

知らなかっただろう？　と、突如《とつじょ》現れたダークが告げる。

「ほ、本当に？　ここは、闇夜の蝶の生まれる場所だというの？」

垣間見《かいまみ》た闇のようなものに、オフィーリアの背筋は凍《こお》る。『きゃー』と言いながら生まれる闇夜の蝶が、とても恐《おそ》ろしく感じられたのだ。

「別に、闇夜の蝶はどこでも生まれてくる。ただ単に、ここは生まれやすい場所というだけだ」

「ここはどこなの？」

「フィールズ王国からいくつも離れた国の森だ」

どうしてここで闇夜の蝶が生まれやすいのかというオフィーリアの問いに、ダークは律《りち》儀《ぎ》にも答えてくれた。

「この国は、争いが絶えない。人間同士で戦い、殺しあっている」

強い憎《にく》しみの念を持って死ぬと、闇夜の蝶が生まれる。

正確には、恨《うら》みの念を蝶として吐《は》き出すことにより、魂《たましい》が浄化され天の国へ行くことができる。

ゆえに闇夜の蝶たちは、自分たちを生み出した人間たちを憎み、襲いかかる。

辛《つら》く汚い部分だけで作られた己《おのれ》を好きだと思うことなんて、闇夜の蝶といえど、できはしないのだ。

「つまり俺たち闇夜の蝶は、自分たちだけが幸せに生きるために捨てられた人間の『汚い部分』だ」

「そんな……」

闇夜の蝶は生きていくうちに記憶を忘れてしまうけれど、生まれたての頃《ころ》はその記憶を持っている。

ゆえに生まれてすぐは苦しさにもがき苦しむが、次第に人間を憎むという気持ちだけが残るのだという。

「俺は闇夜の蝶の頂点に立つ。一部の者は、闇夜のプリンスとも呼ぶな」

「プリンス……」

「そして俺の番――伴侶に相応しい相手が、闇夜のプリンセス。それがオフィだ。闇夜のプリンセスは闇属性の持ち主で、その気高さは闇夜の蝶を従わせることができる」

予想は、大当たりだ。

闇夜のプリンセスとは、闇属性を持つ人間の中で一番気高い人物が選ばれる。悪役令嬢であり、公爵家の娘《むすめ》であるオフィーリアにぴったりだったようだ。

「そんなもの、私には必要ありません！」

「……オフィ、周囲に集中して——聞こえるだろう？」

「え？」

耳を澄ますと、オフィーリアの耳に声が届いた。


『お願い、私をぶたナいで』

『寂《さび》シいよ』

『もう独《ひと》りボッちは嫌だよォ』

『こわイ、こワい、たすケてエェ！』


そんな闇夜の蝶の声を聞き、オフィーリアは胸を締《し》めつけられるような思いになる。小さな闇夜の蝶が、叫びながら生まれている。

この姿を見れば、倒そうなんて思えなくなってしまう。

（闇夜の蝶に必要なのは、救い……？）

どうしたらいいのだろうと、オフィーリアは悩《なや》む。

オフィーリアが険しい表情になると、フェリクスが両手で耳をふさいだ。首を振り、懇《こん》願《がん》するような表情だ。

「オフィ、闇夜の蝶の声を聞くな」

「フェリクス様……でも」

オフィーリアが今の話と、闇夜の蝶の声を聞き……心が揺《ゆ》らいだことがフェリクスにはわかった。

しかし、フェリクスも闇夜の蝶を野放しにしておくわけにはいかないのだ。辛く悲しい生まれがあったとしても、それが人間を襲っていい免罪符《めんざいふ》にはならないのだから。

「何事も、片側からだけ見るのはよくない」

ダークはそう言って、フェリクスが耳をふさぐ手はそのままに、オフィーリアの手を取った。

「闇夜のプリンセスは、俺の伴侶となることで本来の力を発揮することができる。今のオフィができることは、闇夜の蝶たちを従わせる暴力的な力だけだ」

「何をするつもりだ、ダーク」

フェリクスがダークの手を振り払おうとすると、「まあ待て」と笑う。

「別に危害を加えたりはしないさ」

「……？」

ダークは生まれたばかりの闇夜の蝶を手招きし、自分とオフィーリアの手の上に止まらせる。攻撃はしてこず、とても大人《おとな》しい。

「生まれたばかりの闇夜の蝶は、人を襲ったりはしない。自分に対する負の感情の方が大きいから、襲うという思考ができてないんだ」

「………」

そんな話を聞きたくはないが——一国の王族として、知っておくべきではという考えもフェリクスの中にあった。

けれど、オフィーリアには聞かせたくないという気持ちも同時に存在している。いずれ彼女も王族になるというのに。

つくづく、フェリクスはオフィーリアに危険な道を歩ませたくはないようだ。

しかし、オフィーリアが空いている片手でフェリクスの手に触れた。

「……フェリクス様」

「オフィ？」

「大丈夫ですから、手を離してください。わたくしは……将来フェリクス様の妻になる者として、王族に名を連ねるものとして……話を聞いておきたいのです」

恐ろしいものや、汚い闇の部分から逃げていては、いい国は作れない。フェリクスと二人、地に足をつけて立ちたいからこそ耳を傾《かたむ》けたいのだ。

フェリクスはオフィーリアの言葉を聞き、慈《いつく》しむように額へキスをおくる。

「わかった。一緒にダークの話を聞こう。でも、危険だと判断したらすぐにやめる」

「はい」

フェリクスの許可を得ることができたオフィーリアは、まっすぐダークを見つめる。

「わたくしは確かに闇属性だけれど、今まで闇夜の蝶ときちんと会話をしたこともなかったし、プリンセスがなんなのかもわからないわ」

「ああ。だから、俺が全部教えてやる」

ダークは口元に弧《こ》を描くように笑い、握っていたオフィーリアの手を引き寄せ、その手の甲に口づける。

「ダーク！」

「これ以上はしねーよ」

すぐにフェリクスが声を荒《あら》らげるが、ダークは気にもせず軽くあしらう。その分、オフィーリアに神経を集中させていることがわかる。

「俺はオフィを全面的に信頼《しんらい》してるんだ。なんなら、全裸《ぜんら》になってもいいぜ？」

「お兄様！」

こんな場面でなんてことを言うのだと、オフィーリアが声を荒らげる。

「というか、なぜわたくしを信頼しているのですか」

番——結婚の申し入れを断り、闇夜の蝶とは敵対している。書類上の妹ではあるけれど、ダークにはオフィーリアを信頼する理由が一つもない。

オフィーリアの質問に、ダークはわずかに頰を緩《ゆる》めた。

「オフィは、ハーブティーを淹《い》れるっていう約束を守ってくれただろ？」

「え……それだけ、ですか？」

「ああ」

予想よりも軽い理由に、オフィーリアは戸惑う。

けれど、ダークにとって約束を守ってもらえるという事実は、どんなものより大きくて、大事なものだった。

それもあり、ダークは必要以上にオフィーリアのことが気になったのかもしれない。

「闇夜の蝶は口だけで、約束なんて守らないからな」

「そんなこと……」

ない、とは言い切れない。

オフィーリアが顔をしかめていると、ダークは笑う。

「それにしても——オフィの初めての相手が俺っていうのは、ゾクゾクするな」

「……っ⁉」

　突然ダークが発した意味深な言葉に、オフィーリアは動揺《どうよう》して体が跳《は》ねる。いったい自分は何をされてしまうのか、と。

「ハハッ、闇属性の魔法を使うってことだ。何か別の想像でもしたか？」

「す、するわけないでしょう！」

　オフィーリアは強く息をはいて、心を落ち着かせる。このままでは、ダークのペースに乗せられてしまう。

（フェリクス様も一緒だから、大丈夫）

　ダークに握られていない方の手は、フェリクスと繋いでいる。これなら、何があっても大丈夫だ。


　ダークは、強がってはいてもわずかに震えるオフィーリアの手に気づく。

　それでも自分にその身を委ねるオフィーリアを見て、ぞくりとしたものを感じる。

（闇夜のプリンセスが、こんな身近にいたとはな）

　今から行うことは、闇夜の蝶の『救い』だ。

「それじゃあ始めるぞ、オフィ」

「え、ええ」

　わずかに裏返ったオフィーリアの声に、ダークはくくっと笑う。怖いくせに強がっているところは、最高にそそられる。

「闇属性の魔法だ。ここにいる闇夜の蝶へ意識を集中して、語りかけて魔法を使うんだ。俺と一緒に、ゆっくり――」

ダークの声を聞き、オフィーリアは自分の中の魔力を感じる。

今まで使ってこなかった、闇属性の魔力。

ここ最近、魔法の練習をしていたからだろうか。いつもよりスムーズに魔力の流れを感じることができると、オフィーリアは思う。

「いい感じだ」

「……はい」

ダークの声に返事をし、オフィーリアは口を開く。

「痛く苦しくもがく蝶よ。その声は、わたくしに託《たく》しなさい。――【魂の浄化】」

オフィーリアが魔法を使うと、闇夜の蝶がぱっと白く光り輝いた。その光は一瞬で、次の瞬間には違う姿に変わっていた。

蝶の羽は抜け落ち、背中から白い翼《つばさ》が生えている。

頭にはフリージアの花が浮かび、まるで天使のわっかのようだ。黒だった髪と目は、人間だったころと同じ色に戻っている。

幸せそうな笑顔を浮かべ、闇夜の蝶だったモノは空へと昇《のぼ》って行った。

「「――っ!!」」

眼前で起こったことに、オフィーリアとフェリクスは開いた口が塞《ふさ》がらない。これではダークが言ったように、本当の――救い、だ。

「俺の伴侶となった闇夜のプリンセスは、今の力を自在に扱《あつか》うことができる。今はできないが、俺の力を貸せばどうにか発動させられる」

――ただ、そうポンポン使える魔法ではない。

ダークは体がふらつき、オフィーリアへ倒れ込んだ。

「えっ!?」

「この魔法は、力を使いすぎるんだ。本来は、俺の伴侶となったプリンセスだけが使える魔法を、無理やり使わせているからな」

立っているのも厳しいのだと、ダークは力なく告げた。

オフィーリアはダークを支えながら、フェリクスを見る。こんなこと、予想外にもほどがある。

女神《めがみ》フリージアの巫女は、闇夜の蝶を滅ぼすための力を授《さず》かる。

だというのに、闇夜の蝶を従えることができる闇夜のプリンセスは、闇夜の蝶たちを救う力があるというのか――。

「オフィ、闇夜のプリンセスになって……こいつらを助けてやってくれ」

そう言ったダークは、泣きそうな顔をしていた。

エピローグ　シアワセの行方

学園が始まってしばらくしたころ、オフィーリアがフリージアの巫女《みこ》であることが正式に公表された。

ルルーレイク領の森で闇夜《やみよ》の蝶《ちょう》と戦った活躍《かつやく》もあり、領地では大いにフリージアの巫女の誕生を喜ばれた。

学園でも、オフィーリアは話題の中心だ。義兄《ぎけい》のダークも、容姿端麗《たんれい》で優秀《ゆうしゅう》ということもあって女子生徒からの人気が高い。


クラスメイトの質問攻《ぜ》めから解放されたオフィーリアは、久しぶりに校舎裏の花壇《かだん》へとやってきた。

ここがすべての始まりの場所と言ってもいいかもしれない。

「いつの間にか、黒色のフリージアが植えられてる」

きっと、手入れをしてくれている庭師見習いのイオがオフィーリアのために植えてくれたのだろう。その心遣《こころづか》いに、ほっこりする。

「でも、冬なのに花が満開っていうのは不思議ね……」

ゲームの攻略《こうりゃく》に関係する部分なので、年中咲《さ》いているのだけれど……実際目にすると、なんだか不思議だ。

オフィーリアが近くのベンチに腰《こし》かけると、フェリクスがやってきた。

「お待たせ、オフィ」

「フェリクス様！」

急いできたようで、フェリクスは軽く息が上がっている。こちらもオフィーリア同様、婚約者《こんやくしゃ》がフリージアの巫女になったことに関して質問攻めにあっていた。

「学園、いや、国中がオフィの話題で持ち切りだ」

「すごい重圧を受けています……」

本当に自分が巫女でいいのだろうかとか、アリシアのように――何かのはずみでフリージアの巫女の印が消えてしまうのではないか――と。

オフィーリアは苦笑《くしょう》して、「駄目《だめ》ですね」とネガティブな考えを頭の中から捨てる。

「フリージアの印は、わたくしの誇《ほこ》りです。フェリクス様の隣《となり》に立って戦える、という」

だからずっと大切にするのだと、オフィーリアは決めている。

（だけど――闇夜の蝶が気がかりなことも確かで）

ダークに闇夜の蝶が生まれる瞬間《しゅんかん》を見せられ、どうしてと問いかけたら――オフィーリアに知ってほしかったから。という、ひどく単純明快な答えが返ってきた。

自分の伴侶《はんりょ》になるのだから知っておけ、というダークの自分本位な考えだろう。

しかも、闇夜のプリンセスのことも教えてもらった。正直に言えば知りたくはなかったけれど、知らなければならないものだった。

（わたくしだけが、闇夜の蝶を救うことができる）

倒《たお》す以外の道があるなんて、今まで想像もしなかった。

考え込んでしまったオフィーリアを見て、フェリクスがその肩《かた》を抱《だ》き寄《よ》せた。

「闇夜の蝶が、気になる？」

「それは……気にするなと言う方が、無理です。フィールズの国民たちも、亡《な》くなったら魂《たましい》の一部が闇夜の蝶になるのでしょうか」

「ダークの言葉が本当なら、そうなるね」

すべてを救うことなどできないとわかっているけれど、願わずにはいられないのだ。そして、問いかけてしまう。

それは幸せなのか――？　と。

天国へ行った魂は幸せだが、その代償《だいしょう》が闇夜の蝶というのは大きすぎると、オフィーリアは思っている。

ゲームの公式にそんな説明はなかったけれど、根本的な部分の設定だったらオフィーリアの力ではどうしようもない。

システムに、世界にあらがうことになってしまうから。

けれど。

（それでもどうにかしたいと思っちゃったのよね）

我ながら、なんとも苦労性だとオフィーリアは思う。

しかし、その方法が問題なのだ。

闇夜の蝶を救うには、オフィーリアがダークと結婚《けっこん》しなければならないのだから。兄《きょう》妹《だい》ではあるが、義理なので法的にいくらでも方法はあるのだ。

（でも、わたくしはフェリクス様だけ）

それなのに、非情な現実を突《つ》きつけられる。自分で好きに選ぶには、一つ一つのスケールが大きすぎるのだ。

オフィーリアはフェリクスの肩に寄りかかり、そっと目を閉じる。

「オフィ？」

フェリクスは「どうしたの？」と言いながらも、甘えてくるオフィーリアの肩を抱く。

深いコバルトブルーの髪《かみ》が手にかかり、くすぐったい。けれどそれが心地《ここち》いい。

オフィーリアはフェリクスの温《ぬく》もりを感じながら、一つのことを決意する。ここ最近、ずっと考えていたことだ。

「わたくし――闇夜の蝶の声を、聞こうと思うんです」

「オフィ、それは――」

「ごめんなさい。フェリクス様は嫌《いや》がられるかもしれませんが、わたくしが闇属性として生まれ、フリージアの巫女の印を授《さず》かったことに……きっと意味があると思うんです」

我《わ》が儘《まま》な婚約者でごめんなさいと、オフィーリアは告げる。

「闇夜の蝶を救いたいとは思うけれど、お兄様の妻になるつもりはありませんから」

「……うん」

とてつもなく大変な道のりだということは、わかっている。

しかし、きっとこの先に悪役令嬢《れいじょう》オフィーリアの本当の幸せがあると、オフィーリアは思うのだ。

フェリクスはオフィーリアの頭を優《やさ》しく撫《な》でて、こめかみにキスをした。

「考えよう……一緒《いっしょ》に。私たち人間も、闇夜の蝶も、上手《うま》く共存できる——そんな世界を」

「はい」

誰《だれ》もが幸せでいられる国を作ろうと、オフィーリアとフェリクスは黒色のフリージアの花壇の前で誓《ちか》った。

そして同時に、その決意で右腕《みぎうで》にある闇夜のプリンセスのつぼみが、わずかに膨《ふく》らんだ。

あとがき

こんにちは、ぷにです。二巻をお手に取っていただき、ありがとうございます。

二巻は闇夜《やみよ》の蝶《ちょう》サイドの新キャラを出すことができました。書くのがすごく楽しみだったキャラなので、無事に出せて嬉《うれ》しいです。

さらに！　あさここの先生によるコミカライズ（B's-LOG COMIC）も始まっていますので、そちらも楽しんでいただけたら嬉しいです。

編集のY様&O様。今回もたくさんお世話になり、ありがとうございました！

イラストを担当してくださったLaruha先生。ドレスのデザインが素敵《すてき》で、いつも楽しみにしております！　可愛《かわい》いイラストをありがとうございます。

本書の制作に関わってくださった方、お読みいただいた読者の方、すべての方に感謝を。

それではまた、皆《みな》さまにお会いできることを願って。

ぷにちゃん

■ご意見、ご感想をお寄せください。
《ファンレターの宛先》
〒102-8177 東京都千代田区富士見 2-13-3
株式会社KADOKAWA ビーズログ文庫編集部
ぷにちゃん 先生・Laruha 先生

ビーズログ文庫

悪《あく》役《やく》令《れい》嬢《じょう》ルートがないなんて、誰《だれ》が言《い》ったの？ 2

ぷにちゃん

2021年 4 月15日 初版発行

発行者　青柳昌行
発行　株式会社 KADOKAWA
〒102-8177 東京都千代田区富士見 2-13-3
（ナビダイヤル）0570-002-301
デザイン　島田絵里子
印刷所　凸版印刷株式会社
製本所　凸版印刷株式会社

ISBN978-4-04-736553-7 C0193

定価はカバーに表示してあります。
◇◇◇